Diogenes Taschenbuch 23273

Martin Suter

Richtig leben mit Geri Weibel

Geschichten

Diogenes

Sämtliche Geschichten
wurden zuerst veröffentlicht
im *NZZ-Folio,* Zürich,
im Zeitraum Mai 1997 bis
Oktober 1999
Umschlagfoto:
Chema Madoz,
›Le rêve des objets‹
Copyright © Chema Madoz/
Agence Vu, Paris

Originalausgabe

Alle Rechte vorbehalten
Copyright © 2001
Diogenes Verlag AG Zürich
www.diogenes.ch
30/03/8/8
ISBN 3 257 23273 X

Inhalt

Die Begrüßungsfrage 7
Die Alkoholfrage 10
Die Ferienfrage 13
Die Körperfrage 17
Die Frauenfrage 21
Die Personalityfrage 24
Die Novemberfrage 27
Die Weihnachtsfrage 31
Die Vorsatzfrage 35
Die Weltenfrage 38
Die Altersfrage 42
Die Freundschaftsfrage 46
Die Meinungsfrage 50
Die Trendwendefrage 54
Die Sommerlochfrage 58
Die Nachwuchsfrage 61
Die Gegentrendfrage 65
Die Gesundheitsfrage 69
Die Handyfrage 73
Die Gewaltfrage 77
Die Kultfrage 80
Die Diskretionsfrage 83
Die Integrationsfrage 87

Die Elternfrage 90
Die Haustierfrage 94
Die Korruptionsfrage 98
Die Kubafrage 102
Die Panachéfrage 105
Die Parvenüfrage 109
Die Trinkgeldfrage 113

Die Begrüßungsfrage

Es gibt Leute, die können tun, was sie wollen, es sieht immer richtig aus. Geri Weibel ist nicht einer von ihnen. Er muß sich alles erarbeiten. Wenn etwas bei ihm richtig aussieht, dann ist es das Resultat von präziser Umsetzung genauer Beobachtungen. Nicht, daß er besonders ungelenk wäre. Er verfügt durchaus über eine gewisse natürliche Anmut, wenn er unbeobachtet ist. Aber Geri Weibel ist nie unbeobachtet, denn er beobachtet sich selbst. Er sitzt sich im Nacken und wartet auf seinen nächsten Fehler. Meistens muß er nicht lange warten.

Das wäre weniger schlimm, wenn er sich nicht in Kreisen bewegen würde, die aus Prinzip keine Fehler machen. Sie tragen das Richtige, sie meiden das Richtige, sie vertreten die richtigen Meinungen, bestellen die richtigen Digestifs und begrüßen sich mit der richtigen Anzahl Küsse. Etwas, das ihm im Moment besonders schwerfällt.

Geri Weibel ist alt genug, um sich noch an die Zeit erinnern zu können, als man sich kußlos begrüßte. Damals waren Dosierung des Händedrucks und Dauer des Augenkontakts eigentlich alles, was man bei der Begrüßung falsch machen konnte. Aber er war dann auch unter den Pionieren, die den Begrüßungs- und Abschiedskuß nicht mehr nur als Ausdruck der Frankophilie verstanden haben wollten, sondern als Zeichen dafür, was für ein zärtliches Volk wir Schweizer nämlich sind. Er wandte den einfachen, später den doppelten, dann den dreifachen Begrüßungskuß an und hätte diese Steigerung ohne weiteres fortgesetzt (war sogar schon versucht gewesen, spontan dem vierfachen eine Bresche zu schlagen), hätte ihn nicht die plötzliche Begrüßungskuß-Liberalisierung aus dem Konzept gebracht.

Geri Weibel ist einer, dem der spielerische Umgang mit Regeln nicht gegeben ist. Er will wissen, was falsch und was richtig ist. Und dann hält er sich daran, bis neue Weisungen kommen. Aber in der Begrüßungsfrage gibt es plötzlich nichts mehr, woran er sich halten kann. Für Geri Weibel, der, wenn man sich zwischen mehreren Möglichkeiten entscheiden kann, dazu neigt, die falsche zu wählen, eine Zusatzbelastung.

Früher konnte sich Geri einigermaßen auf seine Beobachtungsgabe verlassen. Er saß in der SchampBar und hielt die Augen offen. Nach kurzer Zeit wußte er, daß man die Corona nicht mehr aus der Flasche am Zitronenschnitz vorbeischlürft, sondern den Schnitz angewidert aus dem Flaschenhals zupft und ein Glas verlangt. Oder er schaute im Mucho Gusto auf die Teller und entwickelte ein Gefühl für den Zeitpunkt, an dem er zum ersten Mal wieder etwas vom Rind bestellen durfte.

Aber in der Begrüßungsfrage herrscht Anarchie. In einer knappen halben Stunde SchampBar beobachtet Geri: vier klassische Dreifache, zwei Dreifache mit Luftküssen, zwei Doppelte gemischt (Luftküsse/Kontaktküsse), drei Scharaden-Dreifache (10 cm Sicherheitsabstand), zwei einfache, abgewandte Lippenspitzer, einen männlich-gleichgeschlechtlichen Doppelbreschnew, fünf (ein Trend?) einfache Streifer mit Händedruck, einen vierhändigen Schultershaker, zwei Haarstruppler (ungeküßt) und einen neunzigsekündigen Full-Contact-Happy-Ender, bei dem er nicht sicher ist, ob er ihn mitzählen soll. Aber auch ohne den Happy-Ender: neun Variationen innerhalb eines Musters von nur zweiundzwanzig! Und das unter den Gästen der SchampBar, die bekannt sind für ihre Lifestyle-Disziplin.

Geri Weibel zieht den einzigen für ihn plausiblen Schluß: In der Begrüßungsfrage heißt die Regel: Deregulierung. Er wird, so schwer es ihm fällt, Flexibilität an den Tag legen müssen, wenn er nichts falsch machen will. Antizipieren. Die Signale richtig interpretieren und richtig reagieren. Florettfechten.

Aber im Zeichen der abflauenden Machophobie empfiehlt es sich für den Mann wieder eher, zu agieren statt zu reagieren. Als Geri Weibel im Mucho Gusto Bärlauch-Spaghetti ißt und Susi Schläfli das Lokal betritt, sich kurz umschaut, niemand Besseren kennt und auf seinen Tisch zusteuert, entschließt er sich für den kußfreien Händedruck mit Mundabwischen. Er steht auf, streckt ihr die Hand entgegen und will die Serviette zum Mund führen, als er merkt, daß Susi ihm die Wange bereithält. Sofort schießt er vor. Im gleichen Sekundenbruchteil realisiert Susi, daß Geri keinen Begrüßungskuß vorgesehen hat, und dreht die Wange weg.

Geri Weibels feuchte Bärlauchlippen und Susi Schläflis Chanel-Cerise-Mund vereinen sich zum ersten einsekündigen Full-Contact-Happy-Ender in der Geschichte des Mucho Gusto.

Die Alkoholfrage

Für jemanden, der Wert darauf legt, nichts falsch zu machen, ist Alkohol das reinste Gift. Ihn zu meiden kann so falsch sein, wie ihn zu trinken. Und selbst dann, wenn es kein Fehler ist, ihm zuzusprechen, kann er die Ursache nicht wiedergutzumachender Folgefehler sein.

Geri Weibel ist kein Trinker. Bis zwanzig wurde ihm schlecht von zwei Stangen, bekam er Magenbrennen vom Weißen und eine pelzige Zunge vom Roten. Es dauerte lange, bis er sich zu einem brauchbaren Gesellschaftstrinker gemausert hatte. Aber dann hielt er ganz passabel mit.

Lange war es im Mucho Gusto korrekt gewesen, die Zeit, bis das Mittagsmenü gebracht wurde, mit einem Bierchen totzuschlagen, zum Essen etwas Roten zu bestellen und den Kaffee mit einem *Carlos 1* zum *Carajillo* zu frisieren. Geris Versuche, unauffällig wenigstens etwas davon zu überspringen, waren vom Tisch als stille Vorwürfe registriert worden. Was dann genau den Umschwung ausgelöst hatte, konnte er nie rekonstruieren. Er kam eines Tages aus den Ferien zurück, bestellte sein *San Miguel* im Vorbeigehen und mußte erleben, wie es ihm neben das Gedeck gezirkelt wurde wie etwas Ansteckendes. Da stand es dann inmitten der unschuldig perlenden *Perriers* wie ein Sittenstrolch auf dem Kinderspielplatz. Geri wußte sich nicht anders zu helfen, als es unberührt durch ein *San Pellegrino* ersetzen zu lassen. (Ein *Perrier* wäre ihm als anpasserisch ausgelegt worden.)

Geri Weibel mußte also davon ausgehen, daß Alkohol zum Lunch als uncool galt. Die letzten Zweifel beseitigte die Bemerkung von Robi Meili über den Werber- und den Bankertisch, die sich Zeit ließen, sauber zu werden. »Die bescheißen ihre Arbeitgeber. Verkaufen die Arbeitskraft von Nüchternen und liefern die Arbeit von Besoffenen.«

Geri war etwas erstaunt über diese Töne aus dem Mund des Trendbarometers des Mucho Gusto. Vor kurzem hatte Meili jeweils seinen zweiten *Carajillo* nach dem Essen noch damit begründet, daß dem Menschen die Demütigung, arbeiten zu müssen, um zu überleben, nüchtern nicht zugemutet werden könne. Aber es ist nicht Geri Weibels Aufgabe, Trendwenden zu hinterfragen. Er ist froh, wenn er sie einigermaßen rechtzeitig mitbekommt und sie nicht allzu kompliziert zu befolgen sind.

Werber- und Bankertisch hielten noch eine Weile durch. Der Werbertisch fiel als erster. Ein schwedisches Mineralwasser in blauen Flaschen half ihm, das Gesicht zu wahren. Es ließ den Verzicht aussehen wie die bewußt getroffene Entscheidung meinungsbildender Konsumenten. Der Bankertisch bäumte sich noch einmal auf, ließ schwere *Portugiesen* und exotische *Spumante* auffahren – und blieb eines Tages leer. »Kantine«, vermutete Freddy Gut. »Gefeuert«, Robi Meili.

Während man eben noch mit Alkohol am Mittag Unkündbarkeit demonstrierte, gilt er jetzt als Symbol der Entbehrlichkeit. Nur Arbeitslose und Pensionierte können es sich leisten, schon am Nachmittag besoffen zu sein.

Geri Weibel kommt mit diesem Teil der Trendwende problemlos zurecht. Ihm machen, wie immer bei Regeln, die Ausnahmen zu schaffen. Diese werden meistens am Abend gewährt. In der SchampBar, deren Name noch von vor Mururoa stammt (danach stellte sie auf *Cavas* aus noch nicht so bekannten Häusern um), wird zwar nach wie vor von den Habitués kaum Alkohol getrunken. Es sei denn in Form von raren, kulinarischen Destillaten.

Eine Nuance, die Geri Weibel entgeht: Er lehnt einen im Maulbeerholzfäßchen gereiften sortenreinen *Lampnästler,* den ihm Robi Meili offeriert, vorschnell mit den Worten ab: »Muß morgen früh raus.« Als er realisiert, daß er sich damit nicht nur als kulinarischer Banausen, sondern auch als Alkoholiker zu erkennen gegeben hat, versucht er die Scharte mit der Verkostung eines guten Teils der dreihundertfünfzig destillierten Kirschensorten der Zentralschweiz auszuwetzen.

An sich noch kein Fehler. Aber dann, nach dem *Hemmikern,* einem makellosen, herrlich ausgebauten Fruchtbrand aus einer wohl mittelhohen Lage (durchlässige, kalkhaltige Bodenstruktur), singt er in die plötzliche Stille der SchampBar mit seiner schönen, vollen Stimme sämtliche Strophen von »Schnaps, das war sein letztes Wort«.

Ein nicht wiedergutzumachender Folgefehler.

Die Ferienfrage

Geri Weibel gehört nicht zu den Leuten, die in den Ferien völlig ausspannen können, denn dazu müßte er ja die Gabe besitzen, im Augenblick zu leben. Geri lebt aber eher in der Zukunft. Und die ist, gerade was die Ferien angeht, voller Risiken. Damit sind nicht die kalkulierbaren gemeint wie Flugzeugabstürze, Entführungen, Haifischattacken, unerforschte Tropenkrankheiten, Lebensmittelvergiftungen und öffentliche Auspeitschungen für den Besitz eines Rohypnols. Gemeint ist zum Beispiel das Risiko, den falschen Ort zu wählen. Es belastet Geri das ganze Jahr, außer während der Ferien selbst. Dann ist es mehr die Vergangenheit, die ihn beschäftigt: das Risiko, den falschen Ort gewählt zu haben.

Je größer das Ferienangebot, desto unübersichtlicher wird es politisch, ökologisch, weltanschaulich und sozial. Manchmal beneidet Geri Weibel die Generation vor ihm, die nur darauf achten mußte, nach Möglichkeit Franco-Spanien und Obristen-Griechenland zu meiden. Und selbst wenn ihr das einmal nicht ganz gelang, passierte ihr nicht, was *Izmir* passierte, als er vor ein paar Jahren nach *Foca* fuhr. *Izmir* hieß Alfred Huber, bis er sich in jenem verhängnisvollen Sommer für Clubferien entschied, etwas, das damals gerade im Gegentrend zu den plötzlich als etwas spießig geltenden Individualferien lag. Alfred Huber hatte Foca nach eigenen Angaben allein aufgrund des spanisch oder italienisch klingenden Namens und der Prospektinformation »keine speziellen Einrichtungen für Kinder« gebucht. Erst im Flugzeug habe er realisiert, daß der Ort in der Türkei liegt. Nicht weit von Izmir. Seither ist er für die Habitués der SchampBar *Izmir*. Auch Geri nennt ihn so. Aber mit einem ungutem Gefühl, angesichts der Tatsache, wie leicht so etwas passieren kann. Nicht auszudenken, wie sie ihn zum Beispiel heute nennen würden, wenn er damals nicht noch rechtzeitig hinter sein Maghreb-Zagreb-Mißverständnis gekommen wäre.

Politisch ist man in der SchampBar inzwischen nicht mehr ganz so streng. Im Mucho Gusto schon. Auch ökopolitisch. Carl Schnell, das Gewissen des Mucho Gusto, hat zwar in Fragen der *ecological correctness* an Autorität eingebüßt, seit er am Flughafenzoll drei Stunden festgehalten wurde, als er mit achthundert Gramm zerknüllter Alufolie und neunzehn leeren Taschenlampenbatterien einreiste, die er aus Entsorgungsnöten von seinen Trekkingferien aus Nepal zurückgeflogen hatte.

Trotzdem bleibt für Geri Weibel die Umweltbilanz ein Kriterium bei der Wahl seiner Feriendestination. Wenn auch vielleicht nicht mehr ein so entscheidendes wie noch vor ein paar Jahren, als er vier Tage seiner zwei Wochen Griechenland der zugigen Bahnfahrt geopfert hatte, die Woche schwere Angina nicht eingerechnet. Jetzt fliegt er zwar, wenn es sein muß, aber er informiert sich dabei über den Flugzeugtyp und gibt dem mit dem günstigsten Pro-Kopf-Treibstoffverbrauch den Vorzug.

Seit März untersucht Geri Weibel jede Äußerung von Robi Meili, dem Trendbarometer des Mucho Gusto, auf für die Ferienfrage verwertbare Hinweise. Bedeutet »New Yorks Kriminalitätsrate ist total im Keller«, daß man nach New York soll oder daß New York gerade noch als Ziel für AHV-Ausflüge toleriert wird?

Und darf er aus »wenn schon Religion, dann Buddhismus« schließen, daß Ferienziele mit buddhistischer Staatsreligion im Trend liegen?

Hongkong wäre ziemlich buddhistisch. Aber da hätte man am 30. Juni sein müssen, sagt Robi Meili. »Mehr zu spät kommen als im Juli 1997 nach Hongkong kann ein Mensch im Leben überhaupt nicht.« Und Carl Schnell fügt hinzu: »Ganz zu schweigen von *Tiananmen*.«

Geri Weibel hat den Aspekt der Einbindung Hongkongs in die Kollektivschuld *Tiananmen* nach dem Zurückfallen an China nicht bedacht. Nicht aus Gleichgültigkeit, mehr aus Mangel an Übersicht. Seine intensive Beschäftigung mit den Detailfragen des Lebens trüben manchmal seinen Blick für die großen Zusammenhänge. So bucht er um ein Haar *Bali* (»nicht mehr so freakig«, wie Freddy Gut, die Modeautorität der SchampBar sich ausdrückte), bis man ihn im Mucho Gusto auf den Zusammenhang *Timor – Suharto – Bali* aufmerksam macht.

Bis kurz vor Ferienbeginn ringt Geri mit der Entscheidung. Dann geht er auf Nummer Sicher: Er bleibt in Zürich. »Badeanstalt, Gartenwirtschaften, lesen, null Streß«, so seine Antwort, als sich Carl Schnell nach seinen Ferienplänen erkundigt.

»Ferien in der *Schweiz*?« Carl Schnell schüttelt den Kopf.

»Wenn du das vor dir verantworten kannst – jetzt nach *Eizenstat*? Ich weiß nicht.«

Inzwischen prüft Geri Weibel Städteflüge in die neuen Bundesländer.

Die Körperfrage

Geri Weibel besitzt kein sehr ausgeprägtes Körperbewußtsein, was seinen eigenen Körper angeht. Die Körper anderer Leute hingegen nimmt er sehr bewußt zur Kenntnis. Sowohl die weiblichen als auch die männlichen, wenn auch aus unterschiedlichen Gründen. Die männlichen zum Vergleich und um auf dem laufenden zu bleiben, wohin der Trend geht.

Körpertrends gehören zu den Trends, die Geri am meisten Sorgen machen. Der Anpassungsfähigkeit des menschlichen Körpers an einen Trend sind ja gewisse Grenzen gesetzt. Geri, der ein hervorragender Verbrenner ist, hat zum Beispiel sehr gelitten, als zum Zeichen dafür, daß man es sich leisten konnte, sich dem Diktat der Hochleistungsgesellschaft nicht restlos zu unterwerfen, ein leichter Hang zur Rundlichkeit angesagt war. Geri befolgte damals mehrere strikte »Diäten«: Er achtete streng darauf, Kohlenhydrate und Eiweiß ungetrennt einzunehmen, aß zum Frühstück, Mittag und Abend wie ein König, naschte jede Menge Süßigkeiten zwischendurch und mied alle Tätigkeiten, die im Ruf stehen, Kalorien zu verbrennen. Seine Gewichtszunahme nach drei Monaten betrug 200 Gramm, bestenfalls 350, so genau konnte er es nicht sagen, die Skala seiner elektronischen Waage zeigte nur 200er Schritte an.

Während Robi Meili, das Trendbarometer des Mucho Gusto, mühelos an Gewicht zulegte, und Freddy Gut, die Modeautorität der SchampBar, mit Pausbäckchen aufwartete, blieb Geri mager wie ein Orientierungsläufer.

Der Körpertrend ging dann zum Glück weg vom Gemütlichen, hin zum Agilen. Eine Wende, mit der Robi Meili und Freddy Gut etwas Mühe bekundeten, wie Geri nicht ohne Schadenfreude beobachtete. Er selbst brachte das Überschlanke problemlos. Nur mit dem Schlaksigen hatte er Mühe. Wahrscheinlich verkrampfte er sich zu sehr beim Versuch, absolut entspannt zu wirken. Der komplizierte Oberschenkelbruch (drei Schrauben), den er sich dann bei seinem ersten Rollbrettversuch (zur Auflockerung) holte, war wie eine Erlösung. Zwei Krücken enthoben ihn für ein paar Wochen der Pflicht, unangestrengt zu wirken.

Geri ist nicht eigentlich unsportlich. Er war ein zäher Verteidiger in seiner Schüler-Fußballmannschaft (Nummer zwei), ein ausdauernder Langläufer während der Mittelschule, und als Radfahren Mode wurde, beeindruckte er als hartnäckiger Paßfahrer. Wenn es ihm sportlich an etwas fehlt, ist es höchstens eine gewisse Eleganz, ein wenig Ballgefühl und die Freude an den Bewegungsabläufen. Geri ist ein Kämpfer, kein Spieler.

Deswegen kommt ihm der *Workout*-Trend sehr entgegen. Die Verbissenheit, unter der seine Bemühungen, nichts falsch zu machen, manchmal leiden, ist bei der Arbeit an den Gewichten ein Vorteil.

Schon beim Probetraining im von Robi Meili beiläufig erwähnten (also nachdrücklich empfohlenen) Fitness-Club merkt Geri Weibel, daß er seine Sportart gefunden hat. Der einzige, den er besiegen muß, ist er selbst. Ein schwacher Gegner, wie er aus Erfahrung weiß. Jedesmal, wenn dieser das Handtuch werfen will, zwingt er ihm noch eine Sequenz auf, legt er ihm ein Kilo drauf, verkürzt er ihm die Intervalle. Noch am selben Abend füllt er mit vor Anstrengung zitternder Hand das Anmeldeformular für den Jahresbeitritt aus.

Geri Weibel investiert von nun an einen Großteil seiner Energie in die Ausformung seines Körpers. Das fördert sein Körperbewußtsein, aber leider auch das für andere Körper. Zum Beispiel für den von Freddy Gut. Dessen überflüssig gewordene Pfunde müssen sich in Muskulatur verwandelt haben. Jedenfalls kann er es sich bereits leisten, die Muskeln mit XXL-T-Shirts und Schlabberhosen herunterzuspielen, während er, Geri, eher die körperbetonten Stücke aus seiner Garderobe zum Zuge kommen läßt. Nur so lassen sich die Früchte seiner Anstrengungen einigermaßen erahnen.

Früchtchen, eher. Es ist, als ob die Muskelfasern, die er durch unbarmherziges Krafttraining aufbaut, laufend durch die Anstrengungen abgebaut würden, die dieses ihn kostet. Die Energie, die er aufwendet, um Muskeln zu bilden, verbrennt diese bereits im Ansatz.

Während es abends in der SchampBar langsam eng wird vor lauter dazugewonnener Muskelsubstanz, wird Geri immer drahtiger.

Nun hat er sich einen *Personal Trainer* auf ein Jahr fest verpflichtet. Der garantiert einen harmonischen Muskelzuwachs dank gezieltem Training und wissenschaftlich dosierter Kraftnahrung.

Da hört er Evi Klein, die schönste Frau der SchampBar, zu Susi Schläfli sagen: »Wenigstens nicht auf dem Muskeltrip.«

Meint sie ihn?

Die Frauenfrage

Falls jemand daran zweifeln zweifeln sollte: Geri Weibel steht auf Frauen. Daß sie keine große Rolle spielen in seinem Leben, ist ein Eindruck, der täuscht. Sie spielen die Hauptrolle. Weshalb sonst würde er so streng darauf achten, nichts falsch zu machen, wenn nicht, um den Frauen zu gefallen? Die Akzeptanz, die er bei den Männern seiner Umgebung sucht, dient ihm nur als Vehikel in die Herzen der Frauen. Was die Sache etwas kompliziert macht: Um theoretisch die Herzen der Frauen gewinnen zu können, ist er in der Praxis auch schon einmal bereit, eines zu brechen. Zum Beispiel das von Heidi Schmid.

Sie gehörte zur Stammgastprominenz des Mucho Gusto, bis sie unerwartet ins Alternative abdriftete. Ideologisch waren damals alle im Mucho Gusto alternativ. Aber urban gestylt. Heidi jedoch fing an, weite Gewänder aus naturbelassenen Materialien zu tragen und nichts an ihre Haut zu lassen außer Wasser und Hamamelis. Geri begann sich mit Heidi Schmid in der Öffentlichkeit zu genieren. Ihr Name fing an zu ihrer Erscheinung zu passen, wie Freddy Gut sich ausdrückte. Geri mußte sich entscheiden, ob er es sich gesellschaftlich noch leisten konnte, Heidi zu lieben. Gut möglich, daß er sich von ihr getrennt hätte, wenn sie ihn nicht verlassen hätte, bevor er sich restlos im klaren war. So wurde Heidi die erste Frau, die er um ein Haar seiner Attraktivität für andere Frauen zu opfern bereit gewesen wäre.

Dabei ist Geri alles andere als gefühlskalt. Er kann sich aus dem Stand verlieben. Heftig, und auch mehrmals am gleichen Abend. Aber weil Geri Abweisung als Kritik an seiner Person versteht – etwas, das er ausgesprochen schlecht verkraftet –, behält er seine Gefühle für sich. Dementsprechend selten kommt es vor, daß diese erwidert werden. So entwickelt er sich unter der Tarnung des hartgesottenen Singles zum stillen Verehrer sozusagen jeder Frau.

Nicht nur die Frauen im Mucho Gusto und in der SchampBar bezaubern ihn. Auch die der Außenwelt. Es vergeht kaum eine Tramfahrt, während der er nicht der Frau seiner Träume begegnet. Aber mit einer Frau aus dem Mucho Gusto und der SchampBar würde er sich viel Akzeptanzärger ersparen. Wenn ihm nicht das gleiche passiert wie mit Heidi, der Szenenprinzessin, die er vielleicht mit seinem Kuß in einen Frosch verwandelt hatte.

Geri Weibel konzentriert sich also auf die Frauen in seinen Kreisen. Und das praktisch ununterbrochen. Er sitzt in der SchampBar wie der Jurypräsident des BirdwatcherClubs und verteilt Punkte für Styling, Figur und Ausstrahlung. Oder Noten wie ein Sprungrichter für Stil und Oberweite. Sein Repertoire an Methoden, die Augen abzuschirmen, um die Frauen unbemerkt taxieren zu können, ist so vielseitig, daß er am Stammtisch des Mucho Gusto als Grübler aufzufallen beginnt.

Doch Geri Weibel, der Mann, zu dem keine nein sagen kann, weil er keine fragt, geht alleine ins Bett. Wie ein entscheidungsschwacher Haremsbesitzer.

Nur ganz selten kommt es vor, daß er die SchampBar in Begleitung verläßt. Einmal hat ihn Susi Schläfli nach einer Eifersuchtsszene mit Robi Meili mitgenommen und die halbe Nacht geweint und einen nesselartigen Ausschlag bekommen im Gesicht und – angeblich – am ganzen Körper. Einmal hat sich Evi Schlegel an ihn geklammert, weil Alfred »Izmir« Huber zudringlich geworden war und sie bei Geri sicher war, »daß er nichts von einer Frau will«. Einmal hat ihn eine Unbekannte mit Ostschweizer Akzent gefragt, ob er Single sei, und, als er lächelnd nickte, gefragt, ob sie bei ihm übernachten könne. Einen Schlafsack habe sie dabei.

Aber dann trifft er Ada im No Way, einem Fashion Café, in dem er regelmäßig die Direktimporte durchcheckt. Ada ist Koreanerin. Er fragt sie auf englisch, ob sie diese Tommy-Hilfiger-Badehose auch in M habe, und sie antwortet auf zürichdeutsch, daß sie nicht hier arbeite. Geri lädt sie zu einem Espresso ein. Und dann, in einem Anfall von Liebe und Übermut, zum Nachtessen ins Mucho Gusto.

Ada sieht umwerfend aus. Geri beobachtet diesmal aus den abgeschirmten Augen nicht Frauen, sondern Robi Meili, Carl Schnell und die andern.

Aus Ada und Geri wäre ein Traumpaar geworden, hätte nicht Freddy Gut später in der SchampBar gesagt: »Auch wenn sie adoptiert sind und Schweizerdeutsch sprechen, mit einer Asiatin wirkst du immer, wie wenn du dir in Thailand eine Frau besorgen mußtest, weil dich hier keine will.«

Von da an sieht man Ada nie mehr mit Geri Weibel in der SchampBar.

Dafür oft mit Freddy Gut.

Die Personalityfrage

Kürzlich ißt Geri Weibel am Stammtisch den Tagestip »Mexikanisch-Japanische Freundschaft«, einen gemischten Teller mit Tacos und Sushi, bei Kaffee und Mate taxiert man noch ein wenig die andern Gäste. Da sagt Robi Meili, das Trendbarometer des Mucho Gusto, plötzlich: »Sehen alle irgendwie gleich aus. Null Personality.«

Eine beiläufige Bemerkung. Aber bei Geri Weibel löst sie eine Sinnkrise aus, die fast schon philosophische Dimensionen annimmt.

Es stimmt natürlich, die Gäste gleichen sich. Die gleiche Art Frisuren, die gleiche Art Schuhe, die gleiche Art Kleider, die gleiche Teilnahmslosigkeit. Sie sehen alle aus wie Geri Weibel, wenn es ihm gelingt, richtig auszusehen. Das ist nichts Neues. Auch früher, als die Gäste im Mucho Gusto anders aussahen, glichen sie einander und bemühte sich Geri, ihnen zu gleichen. Es hat etwas mit Mode zu tun, und diese etwas damit, seine Persönlichkeit auszudrücken, wie Robi Meili es nennt. Robi Meili, der übrigens auch nicht viel anders aussieht als alle andern im Lokal.

Allerdings ist Robi Meili immer der erste, der die modische Ausdrucksform benützt, zu der die andern erst später finden. Könnte es sein, daß sie alle im Mucho Gusto nur der modische Ausdruck von Robi Meilis Persönlichkeit sind?

An diesem Abend steht Geri lange vor dem Spiegel und versucht, von dem, was er sieht, auf seine Personality zu schließen. Er scheitert zunächst an der Frage, ob die Brille dabei als Ausdruck derselben zu gelten hat und daher abzunehmen sei, oder ob sie, wie ihm der Optiker versichert hatte, Teil derselben sei und er sie folglich aufbehalten muß.

Geri Weibel ist Brillenträger, seit er, aus Angst, die falschen Leute zu schneiden, wahllos alle zu grüßen begann, die abends die SchampBar betraten. So war es ihm passiert, daß er einer Silhouette freundlich zunickte, die sich vor der Leuchtschrift beim Eingang (»Die SchampBar wünscht e schampar schöni Nacht«) abzeichnete. Die Silhouette war direkt auf ihn zugesteuert und geblieben. Geri mußte den andern nachher erklären, wie er sich einen ganzen Abend mit Fascho-Kurt abgeben könne. Carl Schnell sagte: »Sag mir, mit wem du gehst, und ich sage dir, wer du bist.«

Gleich am nächsten Tag meldete er sich beim Augenarzt an. Seither ist er Brillenträger und hat seine Persönlichkeit zuerst mit einer kreisrunden, dann mit einer randlosen, dann mit einer horngefaßten Brille variiert. Das Modell, mit dem er sich jetzt ausdrückt, akzentuiert den Brauenbereich und läßt dadurch den darunterliegenden Gesichtsbereich offener und uninterpretierter erscheinen, wie der Optiker sagte. Und sieht mega aus, wie Susi Schläfli schrie, als sie sie an Freddy Gut sah, der sich kurz davor das gleiche Modell gekauft hatte. Aber in Aubergine.

Geri entscheidet sich schließlich dafür, die Brille zur Personality-Bestimmung aufzubehalten. Er ist nun einmal auf eine Sehhilfe angewiesen, und dadurch ist diese Teil seiner Personality. Und daß sie so aussieht, erklärt sich dadurch, daß die Persönlichkeit Geri Weibel sich für dieses Modell entschieden hat. Daß er nicht der einzige ist, der ein solches oder ähnliches Modell trägt, liegt daran, daß Geri Weibel und mit ihm seine Personality den Einflüssen und Trends unserer Zeit ausgesetzt sind. Deshalb ist es letztlich egal, ob seine Brille Teil oder Ausdruck seiner Personality ist.

Es ist, und so tief ist Geri vor dem Badezimmerspiegel noch nie ins Philosophische vorgedrungen, ein und dasselbe.

Von da an ist alles ganz leicht. Wenn Geris Brille also seine Personality IST, dann ist es auch sie, die er auszudrücken hat. Und da ist er sich sicher: Es gibt keine präzisere Form, diese Brille auszudrücken, als mit genau diesem über dem Revers getragenen Kragen eines praktisch naturfaserfreien Hemdes. Und dieses durch die Aufhebung des Unterschieds zwischen Teil und Ausdruck der Persönlichkeit ebenfalls personalitygewordene Hemd findet in keiner anderen Frisur ihren Ausdruck als in diesem über dem Stirnbereich mittellang belassenen Kurzhaarschnitt.

Geri geht ins Bett in der beruhigenden Gewißheit, daß er sich personalitymäßig nichts vorzuwerfen hat. Er besitzt sie, und er drückt sie aus.

Aber die philosophische Sinnkrise muß ihn aufgewühlt haben. Um vier erwacht er mit dem Gedanken: Wenn Personality im Trend liegt, wie paßt man sich diesem an, ohne dieselbe genau dadurch zu verlieren?

Vielleicht sollte er auf Kontaktlinsen umsteigen.

Die Novemberfrage

An einem kalten Novembernachmittag sitzt Geri schon um halb fünf in der SchampBar. Draußen geht ein Tag zur Neige, der gar nie richtig angebrochen ist. Schon am Morgen hat Geri es bereut, daß er nicht im Bett geblieben ist und sich mit heiserer Stimme krank gemeldet hat. Seit zwei Uhr hat er auf einen Vorwand gewartet, um früher zu gehen. Gegen vier ist er ohne Vorwand abgehauen.

Das hätte ihm eigentlich bereits zu denken geben sollen, so gut sollte er sich kennen. Aber erst als er bei Charly einen Ricard-ein-Stück-Eis bestellt und der ihn »Einen was?« fragt, wird ihm klar: Herbstdepression. Ricard ist ein untrügliches Anzeichen dafür. Sein sentimentalster Drink. Schmeckt wie ein längst vergangener Frühlingstag mit jemandem voller Accents auf dem Vornamen.

Die SchampBar ist leer bis auf »das Kind«, einen Twen mit Technofrisur, der seit dem Sommer mit der *Financial Times* hier herumlungert und darauf wartet, daß ihn jemand anspricht. Bis jetzt hat das von den Stammkunden noch niemand getan.

»So bleibt es jetzt bis März«, sagt Charly, als er den Ricard-zwei-Stück-Eis mit Wasser auffüllt.

»Ein Eis«, sagt Geri.

»Hä?« fragt Charly.

»Nichts«, murmelt Geri. Charly zuckt die Schultern und macht sich an der Anlage zu schaffen. Wenn er jetzt seinen Jacques Brel reinschiebt, geh ich, denkt Geri.

Charly schiebt seinen Leonard Cohen rein. »Hast du nichts Fröhlicheres?« erkundigt sich Geri.

»Paßt doch zum Wetter«, gibt Charly zurück und räumt vorwurfsvoll den Aschenbecher weg, in dem Geris zweites Eisstück schmilzt. »Wenn du nur ein Stück Eis willst, mußt du es bei der Bestellung sagen.«

An seinem Tischchen blickt »das Kind« kurz von seiner *Financial Times* auf und lauscht der Musik. Geri dämmert, daß es wahrscheinlich noch nie in seinem Leben Leonard Cohen gehört hat, und fühlt sich plötzlich alt. Er nimmt einen Schluck. Als er das Glas abstellt, begegnet er seinem Blick in der Spiegelwand hinter dem Flaschenregal und stellt fest: Er fühlt sich nicht nur alt, er sieht auch alt aus. Ein auf jung gestylter, schlecht erhaltener Mittdreißiger, c'est tout (der Ricard wirkt). Ein Anachronismus wie Leonard Cohen in einer In-Bar an einem Spätnachmittag im November.

Der schlecht erhaltene Mittdreißiger in der Spiegelwand bestellt noch einen Ricard. Zum ersten Mal fällt Geri auf, daß seine hohe Stirn auch als Stirnglatze erscheinen könnte. Und die Stirnlocke als Versuch, diese zu kaschieren. Vielleicht ist das der Anfang der über den kahlen Schädel drapierten überlangen Schläfenhaare, durchfährt es Geri. Vielleicht haben sich die beiden jungen, lächelnden Chicks heute im Tram über seine Frisur lustig gemacht. Und er hat selbstbewußt zurückgelächelt. Sugar Daddy im öffentlichen Verkehr.

»Chicks«? Sagt man das überhaupt noch? Bestimmt nicht. Bestimmt klingt er wie damals sein alter Onkel Bruno, der »Wunderschabe« sagte.

Geri nuckelt am Ricard und meidet sein Spiegelbild. Oder ist das die Midlife-crisis? Fängt die nicht so an? Fühlt man sich nicht plötzlich alt, und alles kommt einem sinnlos vor, was man bisher getan hat und noch tun wird? »Like a bird on the wire«, singt Leonard Cohen. Jeden Tag in derselben Bar, dieselben Leute, dieselben Belanglosigkeiten.

Und plötzlich merkt man, daß das das eigene Leben ist, das hier vorbeigeht.

Inzwischen ist es fünf geworden. Noch immer kein Gast außer »dem Kind«.

Vielleicht ist die SchampBar längst out und Geri der einzige, dem das entgangen ist.

Vielleicht geht er so blind durchs Leben, daß es ihm nicht aufgefallen ist, daß sie seit Monaten die einzigen Gäste sind.

Geri läuft es kalt den Rücken runter. Vielleicht befinden wir uns im Jahr 2010, und er hat ein Blackout von dreizehn Jahren. Und trägt als einziger Mensch den Hemdkragen über dem Revers. Und vier Vestonknöpfe. Und Nikes.

Geri deutet auf sein leeres Glas. Charly bringt noch einen Ricard. »Santé«, sagt er.

»Merci«, antwortet Chéri Weibel und nimmt sich vor, sein Leben zu ändern.

Da geht die Tür auf, und Freddy Gut betritt das Lokal, steuert auf Geri zu und sagt zu Charly: »Mach bitte andere Musik, davon wird man ja noch depressiver.« Freddy trägt den Hemdkragen über dem Revers, vier Vestonknöpfe und Nikes.

Geri sieht sich in der Spiegelwand hinter dem Flaschenregal lächeln. Vielleicht braucht er das Leben ja doch nicht zu ändern.

Aber eventuell die Frisur.

Die Weihnachtsfrage

Was Geri am Dezember stört, sind die andern. Er selbst hätte kein Problem damit. Im Gegenteil: Er liebt es, wenn es weihnächtelt. Die Heilsarmee, die Maronistände, die glitzernden Schaufenster und diese kollektive Torschlußpanik gefallen ihm tief im Innersten. Aber anmerken läßt er sich nichts. Wie könnte er, als Stammgast einer Bar, in der im Dezember und Januar kein Christbaum steht, dafür den ganzen Rest des Jahres?

Den Christbaum hatte Weihnachten vor fünf Jahren Pamela zurückgelassen. Pam stammt aus L.A. und war eines Tages in Begleitung eines männlichen Fotomodells in der SchampBar aufgetaucht und von diesem noch am selben Abend wegen eines anderen männlichen Fotomodells sitzengelassen worden. Das hatte die Stammgäste derart empört, daß sie Charly, den Barman, genötigt hatten, die aufgelöste, mittellose und hübsche Pam vom Fleck weg zu engagieren. Schon nach wenigen Tagen nervte Pam die Gäste mit ihrer künstlichen Herzlichkeit und ihrem »Hi honey, how are we today?«. Aber Charly verliebte sich in sie und ließ nichts auf sie kommen, obwohl sie ihn, wie die Bar vermutete, nie erhörte und ihn ihrerseits nach kurzer Zeit wegen eines Industrie-Fotografen (das »Industrie« hatte er ihr verheimlicht) sitzenließ. Charly war so getroffen, daß er das künstliche Christbäumchen mit den blinkenden bunten Kerzchen, das Pam ungefragt, aber unwidersprochen neben der Kasse aufgebaut hatte, unberührt stehenließ.

Die Stammgäste spürten, daß das Bäumchen Charly als Pamela-Altar bei seiner Trauerarbeit half, und ließen es pietätvoll unerwähnt. Erst als es nach den Sommerferien immer noch traurig vor sich hin blinkte, wagte Robi Meili die Bemerkung: »Aber über die Festtage räumst du es ab?«

Seither steht das Bäumchen von Anfang Februar bis Ende November nonkonformistisch neben der Kasse und wird über die Festtage weggeräumt. »Aus Protest gegen den Weihnachtskonsumterror«, wie es Carl Schnell nennt. Ein schwacher Protest, denn ob sich die Weihnachtszeit durch ein Bäumchen ankündigt oder durch dessen plötzliches Fehlen, kommt aufs gleiche hinaus, findet Geri Weibel. Aber er ist nicht dafür geschaffen, gegen den Strom zu schwimmen.

So ignoriert auch er an diesem ersten Dezember wieder die leere Stelle neben der Kasse und beteiligt sich an den Gesprächen, die sich um alles drehen außer um das, was der Dezember bringt. Weihnachten steht vor der Tür, und was die SchampBar betrifft, bleibt es auch dort stehen.

Die Bar ist während der ersten Dezemberwochen die einzige weihnachtsfreie Zone der Stadt. In ihr drängen sich die, die so tun, als wäre nichts, und die doch ein wenig lauter sind als sonst. Selbst die Abendverkäufe hinterlassen keine Lücken am dichtbesetzten Tresen. Und die Einkaufstaschen an den Haken über der Fußstange enthalten Grundnahrungsmittel, keine Geschenkpäckli.

Aber je konsequenter man in der SchampBar die Weihnachtszeit verschweigt, desto gegenwärtiger wird sie. Ab der Monatsmitte wird es Zeit, daß jemand den Bann dadurch bricht, daß er ihn beim Namen nennt.

Wie immer ist das Robi Meili, der Mann mit dem Gefühl für das Richtige zur rechten Zeit. »Da draußen sind wieder einmal alle am Durchdrehen«, stößt er verächtlich aus, als er die SchampBar betritt wie ein Polarforscher die rettende Forschungsstation. Erleichtert nehmen die andern den Faden auf.

»Wie wenn es ab morgen verboten wäre, häßliche Krawatten und pädagogisch wertvolle Spielsachen zu kaufen«, sagt Freddy Gut.

»Ich dachte, die Leute hätten kein Geld«, wundert sich Susi Schläfli.

»Lieber Schulden als keine Geschenke«, schnaubt Carl Schnell. Der Weihnachtsrummel wird ein toleriertes Thema in der SchampBar und verliert dadurch etwas von seinem Schrecken.

Aber in der letzten Woche vor dem »eiligen Abend«, wie Robi Meili sagt, lichten sich die Reihen und beginnen die Blicke derer, die ausharren, zu flackern. Die erste, die einbricht, ist Susi Schläfli. »Keine Geschenke an Erwachsene, habe ich gesagt«, verteidigt sie sich, als Alfred »Izmir« Huber sie auf den Goldbändel anspricht, der aus ihrer großen Handtasche blitzt.

Und Freddy Guts Einkaufstasche enthält angeblich nur deshalb ein Geschenk, weil er in einem Moment der Abgelenktheit die Verkäuferin nicht gehindert hat, seinen neuen Weinführer geschenkzuverpacken.

Geri gibt sich keine Blöße. Diskret tätigt er am 23. Dezember seine Panikeinkäufe. Und er würde auch weiterhin als immun gegen das Weihnachtsfieber gelten, wäre er am Packtisch nicht Carl Schnell begegnet, der sich eben ein elektrisches Brotmesser geschenkverpacken läßt.

Die Vorsatzfrage

Es ist nicht einfach, Fehler zu vermeiden und dabei unangestrengt zu wirken. Geri findet, daß es ihm im großen ganzen recht passabel gelingt. Er ist ein guter Beobachter der Szene und ein flexibler Umsetzer der Megatrends in sein persönliches Verhalten. Das heißt, er kann sich anpassen, ohne daß es aufgesetzt wirkt. Und ohne wie ein Nachahmer dazustehen.

Das ist überhaupt das Wichtigste. Und das Schwierigste. Man muß den Trend vorausahnen, wenn man nicht der letzte sein will, der ihn aufnimmt. Man muß Augen und Ohren offenhalten und die Zeichen lesen können. Im allgemeinen ist Geri darin ein Meister. Er ist zum Beispiel in die Geschichte der SchampBar eingegangen als der erste, der einen Lady-Di-Witz riskierte. Bei drei Gelegenheiten hatte er mitbekommen, daß Robi Meili ungestraft etwas in der Art von »Das Theater um diese Kindergärtnerin« fallenließ. Kurz darauf ging er einen Schritt weiter und plazierte den Witz. Er war nicht besonders gut (etwas mit Harald Juhnke, der jetzt als Chauffeur für die Royals arbeite), aber es ging hier, wie meistens in Trendfragen, nicht um Inhalte, sondern um die Geste.

Die einzige der Runde, die sich schockiert gab, war Susi Schläfli gewesen. Aber das war eine einkalkulierte und erwünschte Reaktion. Sie hatte viel zur Heiterkeit der übrigen Zuhörerschaft mit beigetragen.

Aber Geris Kunst, von den Mikrotrends in seinem Umfeld die Megatrends abzulesen, versagt regelmäßig zum Jahreswechsel. Ausgerechnet zu dem Zeitpunkt, zu dem die großen Wenden, die grundsätzlichen Neuerungen und die Generalabrechnungen mit dem Vergangenen stattfinden, empfängt er keine Signale. Die Leute, auf die er bei der Trendanalyse angewiesen ist, behalten ihre Vorsätze für sich. Nur einen Vorsatz, von dem niemand etwas ahnt, kann man brechen, ohne daß es jemand merkt. Das ist nicht wie früher, als man sich öffentlich vornehmen konnte, im nächsten Jahr nicht mehr zu rauchen, und wenn man ihn nicht hielt, auf das Verständnis aller zählen konnte, die es auch nicht geschafft hatten. Oder als man, ohne aufzufallen, routinemäßig ab dem zweiten Neujahrstag bis mindestens Mitte Januar keinen Tropfen Alkohol anrührte, weil das alle taten.

Heute läuft auch der Trend der Neujahrsvorsätze weg vom Gruppendynamischen, hin zum Individualistischen. Keine Anzeichen hatten im vorletzten Jahr zum Beispiel darauf hingewiesen, daß Carl Schnell, unter anderem auch das ökologische Gewissen des Mucho Gusto, für das neue Jahr der Abfalltrennung abschwören würde. Ihn, den Pionier des gewachsten Wurstpapiers zur Frischhaltung seines schwarzen Afghans, den Vorreiter der In-House-Kompostierung und ersten Besitzer eines Balkon-Häckslers, ausgerechnet ihn ertappte Geri dabei, daß er im Tram eine Handvoll Batterien, darunter sogar solche von der mercurium- und cadmiumhaltigen Sorte, im Papierkorb verschwinden ließ. »Ich habe mir vorgenommen, mir nicht mehr die ganze

Verantwortung für den Zustand des Planeten aufhalsen zu lassen«, erklärte er Geri, der sein Entsetzen über den Frevel nicht verbergen konnte. Da er an diesem Tag keine Batterien bei sich trug, konnte er die Scharte nur dadurch halbwegs auswetzen, daß er anschließend in der SchampBar ein Dosenbier bestellte.

Im letzten Dezember aber waren die Fingerzeige unverkennbar: Comeback der Januar-Entschlackung! Freddy Gut, der aus modischen Gründen ein sehr disziplinierter Esser ist, würde sonst in den Vorweihnachtstagen nicht fressen und saufen wie nur zu Zeiten, als man das neue Jahr mit der Zitronenkur einleitete. Und Alfred Hubers Trinkspruch »damit wir dann auch etwas zum Entgiften haben« zerstreute Geris letzte Zweifel.

Aber am vierten Januar ist er der einzige, der mit einer Thermosflasche voll Zitronensaft mit Maple-Sirup und Cayennepfeffer im Mucho Gusto auftaucht. Die andern bekommen ein Schälchen braunen Reis serviert, das sie andächtig, sehr bewußt und, damit die Portion länger vorhält, mit Stäbchen essen. »Die Mayo-Brown-Rice-Diät«, läßt sich Freddy Gut herab, ihm zu erklären. »Zum Frühstück ungewürzter, gedämpfter brauner Reis, zum Mittagessen ungewürzter, gedämpfter brauner Reis, zum Abendessen ungewürzter, gedämpfter brauner Reis. Zehn Tage lang. Nicht so asozial wie die Zitronenkur. Und vor allem: nicht so ungesund.«

Als Geri – was bleibt ihm anderes übrig? – den Plastikbecher von seiner geblümten Thermosflasche schraubt, fügt Susi Schläfli noch hinzu: »Und sieht nicht so doof aus.«

Geri nimmt sich vor, sich nie mehr etwas vorzunehmen.

Die Weltenfrage

Es gibt eine Welt außerhalb des Mucho Gusto und der SchampBar. Und weil Geri Weibel dazu neigt, sich seiner Umgebung anzupassen, gibt es auch einen Geri Weibel außerhalb des Geri Weibels, den wir kennen.

Geri hat damit eigentlich keine Mühe. Es fällt ihm leicht, bei der Trauung seiner Cousine »So nimm denn meine Hände« zu singen und nach einer langen Carfahrt, während der ein Onkel von Bräutigamsseite über Lautsprecher längst vergessene Mantafahrer-Witze erzählt, in einem Ausflugslokal zu »Es gibt kein Bier auf Hawaii« zu schunkeln.

Er kann auch als Ersatzverteidiger der Firmenmannschaft vor dem ersten Match des Grümpelturniers »Zigezage, zigezage, hoi, hoi, hoi!« mitbrüllen oder zum Sechzigsten des Vaters im dunklen Anzug mit Silberkrawatte erscheinen und in der Produktion einiger SAC-Kameraden des Jubilars als Frau verkleidet »Macarena« tanzen. Wenn auch lieber in der zweiten Reihe.

Geri kann sich in diesen Welten bewegen, ohne deshalb in eine Identitätskrise zu geraten. Der Mensch ist vielschichtig, sagt er sich, wie das Leben.

Natürlich ist es entscheidend, daß nichts überlappt. Die Vorstellung, Freddy Gut aus der SchampBar könnte ihn dabei ertappen, wie er in roten Wandersocken mit Onkel Karl und Tante Erna auf der Riederalp Käsefondue mit Tomaten ißt, hat ihn damals den Ausflug beinahe absagen lassen. Und an der Waldweihnacht der »Jungen Kirche« seines Neffen Reto hat er sich sehr vorsichtig umgeschaut, bevor er sich eine Fackel aushändigen ließ. Als er, noch ergriffen von der Feier, spät in der SchampBar auftauchte, als ob nichts wäre, war er sich vorgekommen wie der Spion, der aus der Kälte kam.

Aber meistens kommt er sich eher vor wie ein Doppelagent. Und wie ein solcher verliert er bei dem ständigen Hin und Her zwischen den Fronten manchmal den Überblick. Einmal passiert es ihm, daß er beim Verlassen des Stammtisches im Mucho Gusto mit den Knöcheln dreimal kurz auf die Tischplatte klopft und er sich mit der Bemerkung »nein, doch nicht furniert« aus der Affäre ziehen muß. Ein andermal bestellt er bei der Klassenzusammenkunft im Kirchgemeindehaus zum Apéro einen Tequila Red Bull und rettet sich in ein »oder ist das Rote, das Sie da ausschenken, Hallauer, Fräulein?«.

Doch in der Regel gelingt es Geri, die Welten auseinanderzuhalten. Und falls ihm einmal eine kleine Unaufmerksamkeit unterläuft, sind sich die Welten so fremd, daß die eine die Signale aus der andern nicht als solche erkennt.

Aber an einem kalten Abend im Februar geraten die Dinge außer Kontrolle. Geri geht, die Fäuste tief in seine Snöberjacke vergraben, Richtung SchampBar auf eine Nightcap. Die Gasse ist fast menschenleer. Ein Stück weiter vorn ergießt sich ein Grüppchen lärmender Männer aus dem Doppelfaß, einer Bierhalle mit Live-Musik. Geri kommt näher, schlängelt sich durch, ist schon beinahe vorbei. Da hält ihn einer am Arm fest und brüllt: »Leck mich alles am Arsch, der Pudding!«

Jetzt erkennt ihn Geri auch: Kurt Müller, Pfadiname Gröl. Sofort ist er umringt von Schnauz, Frosch, Gummi und Eule. »Das kostet dich eine Runde, Pudding. Kommt nicht zum Quartalshöck, aber läßt sich auf der Gasse erwischen!« johlt Gröl. Sie nehmen ihn in die Mitte und ziehen los.

Geri Weibels Mitgliedschaft bei den Pfadfindern ist ein unbewältigtes Stück Vergangenheit. So unbewältigt, daß er immer noch, wenn auch erst nach der dritten Mahnung, den Passivmitgliederbeitrag bezahlt.

So unbewältigt sogar, daß es schon vorgekommen ist, daß er dem Quartalshöck beigewohnt und nach ein paar Gläsern gelöst in Erinnerungen an Zeltlagerüberfälle während Pfingstlagern geschwelgt hat.

Die Welt der Altpfader ist die, die Geri bisher am säuberlichsten von der Welt der Robi Meilis, Susi Schläflis, Carl Schnells, Freddy Guts, und wie sie alle heißen, getrennt hat.

Und jetzt marschiert diese Welt, »Die blauen Dragoner« singend, auf die Welt der SchampBar zu. Nicht auszudenken, wenn sie zusammentreffen.

»SchampBar!« schreit Gröl, »was meinst du, Pudding?«

»Tote Hose«, winkt Geri ab. Gott, wenn die ihn dort Pudding nennen.

»SchampBar! SchampBar!« skandieren Schnauz, Frosch, Gummi und Eule. Und schleppen Geri hinein.

Die Bar erstarrt, als die fünf Typen mit Geri Weibel »Bier her, Bier her, oder ich fall um« zu grölen beginnen.

Mitten in der zweiten Strophe verstummt Gröl und zeigt auf Robi Meili: »Leck mich alles am Arsch«, kreischt er, »Schnauz, Frosch, Gummi, Eule: Erinnert sich von euch noch einer an Stink?«

Die Altersfrage

Seit er sich erinnern kann, ist Geri Weibel jung gewesen. Meistens eher zu jung. Die, nach denen er sich richtete, waren in der Regel älter als er. Und wenn nicht, dann auf jeden Fall innerlich gereifter.

Das war schon im Kindergarten so. Er litt sein ganzes erstes Jahr darunter, daß es solche gab, die bereits im zweiten Jahr waren und »Muh, muh, muh, ruft die bunte Kuh« schon konnten. Als er ins zweite Jahr kam, litt er ab sofort darunter, daß er noch im Kindergarten war und die anderen schon in der Schule. Er bewunderte die Erstkläßler, die dem Kindergarten aus der Welt der Großen einen Besuch abstatteten, und probierte die gönnerhafte Herablassung, mit der sie die Kindergärtnerin behandelten, an den Neuen vom ersten Jahr aus.

Falls Geri je unter dem Altersprozeß litt, dann darunter, daß dieser zu langsam fortschritt. Das änderte sich auch später nicht. In der Schule, in der Ausbildung, im Beruf, in der Freizeit und in seinem sozialen Umfeld: Immer waren seine Vorbilder älter als er.

Geri Weibel, der sich ungern unterscheidet von den Leuten, zu denen er gehören will, findet sich schwer ab mit der Unabänderlichkeit des Altersunterschieds. Er neigt dazu, sich älter zu machen, als er ist. Jedesmal ist er überrascht, wenn er an seinem Geburtstag erst so alt wird, wie er sich seit einem Jahr gibt.

Das Älterwerden an sich ist für Geri kein Thema. Denn innerhalb der Szene des Mucho Gusto und der SchampBar findet es nicht statt. Sie altert kollektiv. Die Altersunterschiede bleiben.

Und wie sie als Gesamtheit in Beziehung zur Außenwelt älter wird, ist ihr nicht bewußt. Denn sie pflegt kaum Beziehungen zur Außenwelt.

Das ändert sich, als Robi Meili, das Trendbarometer des Mucho Gusto, seine ersten grauen Haare bekommt. Geri entdeckt sie sofort. Er beobachtet Meili immer besonders aufmerksam, um die Zeitströmungen schon im Ansatz mitzubekommen und rechtzeitig reagieren zu können. Deswegen entgeht ihm nicht, daß bei Meili sowohl im Schläfen- als auch im Stirnbereich Silberfäden aufblitzen.

Geri hat sich angewöhnt, Trendansätze nicht zu kommentieren, sondern zu registrieren und so unauffällig wie möglich aufzunehmen. Als kämen sie von ihm. Er wundert sich zwar über das Comeback der Fußballer-Mèches, aber da er weiß, daß man sich auf Robi Meili in dieser Beziehung (und in keiner anderen) verlassen kann, meldet er sich beim Coiffeur an.

Der Trend ist so neu, daß nicht einmal Marcello etwas davon weiß. »Nein, keine Büschelchen, nur ein, zwei, höchstens drei Haare aufs Mal«, erklärt er ihm geduldig. Marcello zuckt die Schultern und macht sich an die Arbeit. Bald sitzt Geri mit einer Art Badkappe da, aus der vereinzelt dünne Haarsträhnen ragen, wie die welken Daunen auf dem kahlen Schädel des Marabus.

»Wie graue Haare«, ist Marcellos Kommentar, als er fertig ist. Aber Geri ist mit dem Resultat zufrieden. Es ist die konsequente Fortführung von Robi Meilis Ansatz.

Im Mucho Gusto stellt sich heraus, daß dieser den Trend nicht weiterverfolgt. Im Gegenteil, er hat ihn zurückgenommen. Dort, wo vorher die Mikro-Mèches blitzten, wellt sich wieder das alte, monochrome Brünett.

Geri, der einzige Melierte am Stammtisch, fühlt sich sehr fehl am Platz. Aber niemand macht eine Bemerkung. Später, vor dem Badezimmerspiegel, findet Geri eine mögliche Erklärung für diese ungewöhnliche Reaktion. Vielleicht hat Marcello recht: Es sieht aus wie graue Haare. Da aber der Alterungsprozeß im Mucho Gusto nicht stattfindet, werden Beweise des Gegenteils ignoriert.

Ob es darum geht, einen Trend aufzunehmen, oder darum, eine Trendentscheidung zu korrigieren, Geri reagiert in beiden Fällen schnell.

Schon am nächsten Tag konsultiert er Marcello, der sich dreimal bestätigen läßt, daß er von Anfang an gesagt habe, es sehe aus wie graue Haare. Er sieht keine andere Lösung als eine leichte Tönung. Eine Maßnahme, in die Geri nach einigem Zögern einwilligt.

Bevor er an diesem Abend ausgeht, prüft er sich genau im Spiegel. Möglich, daß Marcello den Farbton nicht hundertprozentig getroffen hat, befindet Geri, aber der diskrete Kastanienglanz macht sich gut.

An diesem Abend fällt am Stammtisch im Mucho Gusto das erste Mal, seit Geri dort verkehrt, eine Bemerkung zum Thema Alterungsprozeß. Robi Meili ist es, der das Tabu bricht. Mit folgenden Worten:

»Wißt ihr, was ich noch schlimmer finde, als mit den Schläfenhaaren die Glatze zukleben? Die Haare färben, wenn die ersten grauen kommen.«

Alle schauen Geri an.

Die Freundschaftsfrage

Wenn man Geri Weibel fragen würde, wer sein bester Freund sei, käme er in Verlegenheit. Geri hat keine Freunde, er hat einen Freundeskreis. Und darunter befindet sich niemand, zu dem er ein besonderes Verhältnis entwickelt hätte. Geri ist der, der immer da ist. Wenn man ins Mucho Gusto kommt und kein bekanntes Gesicht entdeckt: Geri ist da. Wenn man zu früh in der SchampBar auftaucht: Geri ist schon da. Wenn die Runde aufbricht und man noch *one for the road* braucht: Geri bleibt.

Aber obwohl Geri immer da ist, wenn man ihn braucht, das Zeug zum richtigen Freund hat er nicht. Dazu ist er zu pflegeleicht. Freunde sind Leute, die auch etwas von einem fordern. Und solche gibt es weiß Gott auch ohne Geri Weibel genug. Ihm kann man sein Herz ausschütten, ohne am nächsten Tag gleich das Gefühl haben zu müssen, man sollte sich jetzt zu ihm an den Tisch setzen, obwohl an der Bar mehr los ist. Geri ist bekannt dafür, daß er gerne zuhört. Also tut man auch ihm einen Gefallen, wenn man sich ihm anvertraut.

Geri Weibel leidet nicht unter dieser Rolle. Im Gegenteil, die Vorstellung, zu jemandem aus seinem Freundeskreis eine besondere Freundschaft zu pflegen, wäre ihm eher unangenehm. Erstens würden sich die anderen vielleicht zurückgesetzt fühlen. Und zweitens wäre zu befürchten, daß eine solche Sonderbeziehung ihn zur Parteinahme zwingen und in Loyalitätskonflikte stürzen könnte.

Deshalb kommt ihm die Trennung von Peter Gubler und Rita Schnell sehr ungelegen.

Peter und Rita waren das Traumpaar von Geris Szene. Immer waren sie zusammen, nie konnten sie die Hände voneinander lassen. Wenn Peter ohne Rita oder Rita ohne Peter auftauchte, erkundigte sich das halbe Lokal besorgt nach dem Befinden des andern.

Peter und Rita waren der Machbarkeitsbeweis, an den sich alle klammerten. Deshalb war die Peter-Rita-Krise ein persönlicher Affront gegen sie alle.

Eines Abends platzt Rita allein in die SchampBar, kippt in kurzer Folge zwei Baileys und bricht in Tränen aus, als Charly, der Barman, sie beim dritten fragt, was los sei. Die Geschichte, mit der Susi Schläfli nach einer knappen Stunde aus der Damentoilette kommt, wohin sich Rita geflüchtet hat, läßt die SchampBar verstummen: Rita hatte mit ihrer Cousine die Nachmittagsvorstellung von *Titanic* besucht und vier Reihen vor sich Peter gesehen. Den Arm um eine unbekannte Brünette gelegt.

»Ist sie sicher, daß es Peter war?« fragt Carl Schnell, der sich auf seine Besonnenheit etwas einbildet.

»Er hat es zugegeben«, antwortet Susi Schläfli, jetzt selbst den Tränen nah ob all dem Mitgefühl, das ihr, stellvertretend für Rita, entgegenströmt, die sich noch immer in der Damentoilette verschanzt. »Es habe nichts mit ihr zu tun. Es sei stärker als er.«

»Männer sind Schweine«, sagt Freddy Gut angewidert.

Die SchampBar und das Mucho Gusto schlagen sich wie ein Mann auf Ritas Seite. Geri Weibel selbstverständlich inbegriffen.

Aber seine Gewohnheit, immer schon oder noch dazusein, wenn man jemanden sucht, mit dem man reden kann, wird ihm zum Verhängnis.

Geri sitzt vor einem trockenen Sherry – laut Robi Meili das ideale Getränk, wenn man zu früh am Nachmittag Lust auf ein Gläschen Alkohol hat und es bei einem bleiben soll – in der fast leeren SchampBar. Es ist kurz vor fünf, zu spät zum Überhocken, zu früh für den Apéro, Geri weiß selber nicht recht, was er hier um diese Zeit verloren hat. Er hat das beschlagene Gläschen noch nicht einmal angerührt, da kommt Peter Gubler herein, geht schnurstracks auf Geris Tischchen zu und setzt sich ohne Umstände. Es geht ihm schlecht: Augenringe, Appetitlosigkeit, Hang zu stärkeren Getränken als trockenem Sherry. Nach einer Stunde kennt Geri Peters Version. Nach zwei kennt er Peters Version in der überarbeiteten Fassung. Nach drei haben alle, auf deren Anerkennung er einigermaßen Wert legt, einen großen Bogen um das Tischchen mit Geri und Peter gemacht. Bei Lokalschluß gilt er praktisch als die treibende Kraft hinter Peters Verrat.

Für ein paar Wochen hat Geri Weibel einen richtigen Freund. Peter weicht nicht von seiner Seite. Geri ist es, der ihm über die Trennung von der Brünetten hinweghilft und in ihm die Hoffnung auf eine Versöhnung mit Rita am Glimmen hält.

Und tatsächlich: Vier Monate später kann Peter seine Rita wieder in die Arme schließen.

»Alle mieden mich, nur Geri hielt treu zu mir«, sagte Peter, als er mit Rita die schwere Zeit rekapitulierte.

So endete Geris erste echte Freundschaft.

Die Meinungsfrage

Geri ist nicht einer, der die Öffentlichkeit sucht. Aber er scheut sie auch nicht. Als er die Fernsehkamera und die junge Frau mit dem Mikrophon sieht, wechselt er nicht die Straßenseite. Er geht einfach weiter, um ihr Gelegenheit zu geben, ihre Frage zu stellen, wenn es denn sein muß.

Ein Stück vor ihm werden zwei junge Mädchen von der Reporterin abgefangen und geben eine kichernde Erklärung ab. Geri verlangsamt seinen Schritt.

Als er auf gleicher Höhe mit dem Reporterteam ist, verabschiedet sich die Frau von den Mädchen, schaut sich suchend um und lächelt Geri an. »Darf ich Ihnen eine Frage stellen?« Er nickt. »Was halten Sie von Piercing?«

»Piercing?« Wie das Leben ziehen vor Geris geistigem Auge die Statements seiner Meinungsmacher zu allen aktuellen Trends vorüber. Zu Piercing ist nichts darunter. Weshalb konnte sie ihn nicht zu etwas befragen, zu dem sich Mucho Gusto und SchampBar offiziell verlautbart haben. »Piercing?«

Die Frau wartet mit gefrorenem Lächeln auf seine Antwort. Geri läßt die Szene Revue passieren und stößt auf kein Piercing, von Alfred Hubers Brillantstecker im Ohrläppchen abgesehen. Er fühlt sich daher ziemlich sicher, als er antwortet: »Piercing? Finde ich sehr unästhetisch.«

»Vielen Dank«, sagt die Reporterin und schaut sich bereits wieder suchend um. Geri besitzt die Geistesgegenwart zu fragen: »Wo kommt das?«

»Im ›Hotspot‹ am nächsten Sonntag«, antwortet sie und nimmt sich den nächsten Passanten vor, einen älteren Herrn.

Zu ›Hotspot‹ gibt es, im Gegensatz zu Piercing, sehr wohl eine offizielle Verlautbarung aus Geris Kreisen: angestrengt coole Pubertätssendung zur Fernsehmitarbeiter-Nachwuchsförderung am Sonntagnachmittag. Seine Mitwirkung bei der Sendung wird ihm so übel ausgelegt werden, daß er nur hoffen kann, sein Statement zu Piercing sei einigermaßen mehrheitsfähig im Mucho Gusto und in der SchampBar.

Geri beginnt sich umzuhören. Aber es ist wie verhext: Über alles wird am Stammtisch und an der Bar geredet – das Dreiliterauto, geklonte Ersatzlebern, Download-Zeiten am Internet –, nur über Piercing fällt kein Wort. Anfänglich ist Geri beruhigt. Wenn Piercing schon als Thema dermaßen out ist, ist es das als Praxis wohl noch mehr.

Aber je näher der Sonntag rückt, desto unruhiger wird er. Am Mittwoch macht er den ersten Versuch, das Thema aufs Tapet zu bringen. Carl Schnell leidet unter einem Schnupfen, und Geri nützt die Stille nach dem Schneuzen für die Bemerkung: »Sei froh, daß dein Nasenflügel nicht gepierced ist.«

»Das kann man rausnehmen bei Schnupfen«, erklärt Freddy Gut. Damit ist das Thema erledigt. Geri bleibt der ungute Eindruck, Piercing genieße am Stammtisch eine gewisse Akzeptanz. Noch schlimmer: Freddy Gut hat geklungen, als besäße er Sachkenntnis, wenn nicht gar Erfahrung darin. Geri läuft es kalt den Rücken hinunter. Piercing wird ja nicht nur an sichtbaren Stellen praktiziert. Im Gegenteil. Vielleicht ist die ganze SchampBar und das ganze Mucho Gusto unter den Kleidern an den haarsträubendsten Stellen gepierced. Und er, Geri, unversehrt und ahnungslos, denunziert die Praxis in aller Öffentlichkcit als sehr unästhetisch.

Am Donnerstag sucht er eine Gelegenheit, mit Susi Schläfli allein zu sein. Von ihr hofft er mehr zu erfahren, denn sie ist erstens indiskret und zweitens vertraut mit der Anatomie einiger der Stammgäste. Als sie frisch geschminkt aus der Toilette kommt, fängt er sie mit einem Cüpli ab und lotst sie an die Bar. Nach ein paar einleitenden Floskeln geht er nach Plan vor.

»Schöne Ohrringe«, bemerkt er.

»Danke.«

»Wenn man bedenkt, andere Leute haben das an den unglaublichsten Stellen...« Weiter kommt Geri nicht. Susi hält die Hand vor den Mund, als müßte sie ein Gähnen verbergen, und stößt ein gelangweiltes »die Piercing-Masche« hervor. Dann trinkt sie das Glas aus und läßt Geri stehen.

Wie gesagt, Susi ist indiskret. Noch am gleichen Abend weiß es das ganze Lokal: Der Geri steht auf Piercing.

Geri, der ursprünglich vorhatte, seinen Auftritt im ›Hotspot‹ geheimzuhalten, sorgt jetzt dafür, daß am Sonntag um zwei im Mucho Gusto der Fernseher läuft. Ein öffentlicheres Dementi kann er sich nicht wünschen. Und er hat Glück: Es regnet. Das Lokal ist gut besetzt. Alle wichtigen Leute sind da. Als die Straßenumfrage beginnt, macht

Geri den Ton etwas lauter. Ein Raunen geht durch das Lokal, als nach einer endlos scheinenden Reihe von pointierten Aussagen zum Phänomen Piercing plötzlich Geri groß im Bild die Schlußpointe liefert, sein Gesicht ein einziges Fragezeichen:
»Piercing?«

Die Trendwendefrage

Die Vorzeichen sind selbst für Geri Weibels feines Sensorium kaum zu erkennen. Erst im Rückblick fügen sie sich zu einem Gesamtbild:

Robi Meili wirft einen Blick auf die Tageskarte des Mucho Gusto und sagt: »Ach, Artischockenrisotto.« Es ist das sarkastische »Ach«, das Geri Weibel vom Wesentlichen ablenkt. Artischockenrisotto steht seit der Eröffnung des Lokals auf der Karte. Noch nie hat er es als »Ach-Artischockenrisotto« bezeichnet. Vielleicht hätte Geri den Trend herausgehört, wenn Robi Meili sich nicht für »Ach-Tofu-Tacos« entschieden hätte. Aber so denkt er, es gehe um das »Ach« als eine von Robis umgangssprachlichen Neuschöpfungen und läßt im Lauf des Mittagessens ein »Ach-Azorenhoch« und ein »Ach-Last-minute-Angebot« einfließen.

Auch bei Carl Schnell sind die ersten Symptome subtil. Er verzichtet zwar auf das »Ach« vor dem Tofu-Taco, aber auch auf das Tofu-Taco selbst. »Solange die Deklaration von Gen-Mais und Gen-Soja nicht gewährleistet ist, sollte man solche Angebote ganz von der Karte nehmen«, murmelt er und entscheidet sich seufzend für das Artischockenrisotto. Geri Weibel interpretiert die Bemerkung als punktuelle Kritik eines ökologiebewußten, aber generell zufriedenen

Gastes und schließt sich Carl an. Was Robi Meili als einzigen mit »Ach-Tofu-Tacos« einen Moment lang leicht deplaziert aussehen läßt.

Freddy Gut kommt ihm zu Hilfe. Er entscheidet sich für Artischockenrisotto. »Aus Nostalgie«, wie er erklärt. Geri nimmt an, er meine damit »als Erinnerung an die Anfänge des Mucho Gusto«. Daß Nostalgie auch mit Abschiednehmen zu tun hat, kommt ihm nicht in den Sinn.

Vielleicht hätte er den Trend ablesen können, wenn die Episode durch Susi Schläflis Beitrag ergänzt worden wäre. Ihre Signale sind etwas weniger verschlüsselt. Aber Susi Schläfli ist an diesem Mittagessen gar nicht anwesend.

Auf die Idee, dies als Trendsignal zu deuten, kommt Geri in diesem Frühstadium der Entwicklung noch nicht. Erst später, als auch Robi Meili am Stammtisch fehlt, obwohl er weder krank noch in den Ferien ist, überfällt Geri Weibel eine erste Ahnung des Undenkbaren. Könnte es sein, daß das Mucho Gusto...?

Erst am Abend beim Apéro in der SchampBar wagt es Geri, den Gedanken zu Ende zu denken. Robi Meili steht an der Bar und trinkt einen Cynar (einen Cynar? Geri macht sich im Geist eine Notiz). »Ach, im Mucho Gusto«, sagt Meili, als ihm Geri sagt, er habe ihn beim Mittagessen vermißt.

Geri reagiert einigermaßen kaltblütig mit einer entschuldigenden Geste, die besagt, »ich weiß, ich weiß, aber irgendwo muß der Mensch ja seine Kalorien aufnehmen«. Er gibt sich auch nicht die Blöße, Robi Meili zu fragen, wo er denn gegessen habe, sondern setzt sich schweigend an die Bar, alle Sinne auf Empfang.

Robi Meili, der seit kurzem, wie er sich ausdrückt, »wieder Aktivraucher ist«, klopft eine Mentholzigarette aus dem Päckchen und steckt sie an. Aber nicht mit seinem schweren 1967er Silber-Ronson, sondern mit einem Streichholz aus einem Briefchen, auf dem »Fisch & Vogel« steht. Der Name eines neuen Lokals in der Parallelstraße des Mucho Gusto.

Am nächsten Tag sitzt Geri Weibel unauffällig wie ein Gastrokritiker als einer der ersten Mittagsgäste im Fisch & Vogel und ißt mit Dörrpflaumen gefüllte Hühnerbrust an Apple Cider Sauce, das Menü zwei, nicht übel. Gegen halb eins füllt sich das Lokal. Unter anderem mit Robi Meili, Carl Schnell und Susi Schläfli, die vom Wirt (Didier) mit zwei (zwei?) Küßchen begrüßt wird. Geri winkt ihnen zu, sie winken zurück. Vier Habitués im Fisch & Vogel.

Das Unvorstellbare ist eingetroffen: Das Mucho Gusto ist – out.

Wie ein Ausflugslokal nach einer Salmonellen-Massenvergiftung leert sich der Ort, der Geri so lange Heimat, Zuflucht und Orientierung gewesen ist. Immer wieder passiert es ihm, daß er aus lauter Gewohnheit anstatt das Fisch & Vogel das Mucho Gusto ansteuert. Immer wieder verbringt Geri seine Mittagspause am leeren Stammtisch, dicht bedrängt vom ratlosen Wirt Esteban, der an ihm verzweifelt neue Rezepte und gastronomische Konzepte ausprobiert.

Geri Weibel bringt es nicht übers Herz, Esteban zu sagen: »Vergiß es, das Mucho Gusto ist out.« Er gewöhnt sich an, zwei Mittagessen einzunehmen: ein frühes im leeren Mucho Gusto, ein spätes im überfüllten Fisch & Vogel.

»Geri Weibel ist der einzige von euch, der noch etwas Charakter bewahrt hat«, hält Esteban spätabends Robi Meili im Mucho Gusto vor.

»Ach-Geri«, antwortet Robi Meili.

Die Sommerlochfrage

Auch dieses Jahr bleibt Geri in den Sommerferien zu Hause. Das Risiko, das falsche Ferienziel zu wählen, ist ihm schlicht zu groß. Aber auch so ist die Ferienzeit eine schwere Prüfung. Sie unterbricht den natürlichen Lauf der Dinge. Es ist kompliziert genug, den Überblick über Falsch und Richtig zu behalten, wenn die Szene beisammen ist. Wenn sie sich in alle Welt verstreut, gerät sie vollends außer Kontrolle.

Wenn sich im Juli das Fisch & Vogel leert und in der SchampBar die fremden Gesichter überhandnehmen, beginnt für Geri die Zeit der Orientierungslosigkeit. Dann sitzt er in seiner immer fremder werdenden Umgebung zwischen Shortsträgern und Menschen mit beschrifteten T-Shirts (»Auf und Davos!«) und fühlt sich mit jedem Tag deplazierter. Wer garantiert ihm, daß er sich nicht im Auge einer gigantischen Trendwende befindet, die alles durcheinanderwirbelt und einzig Geri Weibel zurückläßt als Kuriosität aus einer anderen Zeit mit anderen Kragen und Hosenbünden?

Manchmal hat Geri das Gefühl, die Ferien dienten Robi Meili und Konsorten nur dazu, aus der Lifestyle-Disziplin der Szene auszubrechen und unbeaufsichtigt mit unautorisierten Trends herumzuexperimentieren.

Allzugut erinnert er sich an den Sommer 96, als Robi Meili mit einem Zehntagebart aus Barcelona zurückkam und zum *Carajillo* im – damals noch – Mucho Gusto *El País* las und darin Artikel anstrich. Geri hatte sich bereits drei Tage nicht rasiert und einen Kassetten-Schnellkurs Intensiv-Spanisch gekauft, als sich Robis damalige Freundin in der Bartfrage durchsetzte, und mit den Stoppeln auch *El País* verschwand. Nur der *Carajillo* hielt sich noch eine Weile.

Auch Susi Schläflis Rückkehr aus Bali ist ihm in lebhafter Erinnerung. Sie tauchte in der SchampBar auf mit nichts als einem Batik-Sarong an, bereit, ihn auf den kleinsten Wink abzuwerfen und ihre nahtlose Bräune und ihr neues Verhältnis zu ihrem Körper zu demonstrieren. Erst als sie mit einer doppelten Lungenentzündung ins Spital eingeliefert wurde – sie hatte die Vorläufer der Herbststürme ignoriert –, verlief der Trend im Sand. Geri ärgerte sich, daß er vorsorglich die Hosenbeine seiner besten Jeans abgeschnitten und ausgefranst hatte.

Was Geri an den Nachferientrends am meisten zu schaffen macht, ist ihre Abruptheit. Trendwenden, die unter seinem wachsamen Auge geschehen, kündigen sich meistens durch Kleinigkeiten an. Auch wenn es ihm nicht jedesmal gelingt, die Zeichen frühzeitig zu lesen, so muß man ihm doch ein gewisses Sensorium attestieren und eine gewisse Erfahrung in der Seismologie der Trenderschütterungen seiner unmittelbaren Umgebung. Aber wie kann er vorausahnen, daß Freddy Gut nach den Ferien von *Trance* auf *Chris de Burgh* und von *Gatorade* auf *Guinness* umgestiegen ist, weil er auf Korfu eine Turnlehrerin aus Dublin kennengelernt hat?

Geri hat auch schon versucht, die Lifestyle-Anarchie, die in der Ferienzeit und der kurzen Zeit danach herrscht, zu genießen. Er hat sein Hawaiihemd, einen Fehlkauf aus dem Jahr 89, aus dem Schrank geholt, ist in die abgeschnittenen Jeans geschlüpft und so am See spazierengegangen. Aber es stellte sich kein Gefühl der Freiheit ein. Er fühlte sich wie ein schlecht verkleideter Spitzel, der jederzeit befürchten muß, enttarnt zu werden.

Seither meidet Geri Weibel während der kritischen Wochen Ausbrüche aus der Lifestyle-Routine. Er hält sich an die Vorgaben der Vorferienzeit und versucht die Ungewißheit der Nachferienzeit aus dem Bewußtsein zu verdrängen. Die einzigen Ausbrüche aus der Routine sind seine Besuche in der Badeanstalt, wenn es das Wetter erlaubt.

Die Badeanstalt, vorausgesetzt, es ist die richtige, war im vorletzten Sommer voll im Trend und im letzten noch akzeptiert. Das Risiko, daß er sich damit in die Nesseln setzt, ist relativ gering. Er muß nur darauf achten, daß er nicht braun wird. Braun ist abgesehen von den gesundheitlichen Aspekten uncool, unurban und eine schlechte Kontrastfarbe zu Schwarz und Steingrau.

Geri arbeitet konsequent mit Schatten, Frotteetüchern, XXL-T-Shirts und 30er Blocker. Er übersteht das Trend-Sommerloch ohne Sonnenbrand und mit einer Haut, so weiß wie ein frischgebadeter Tunnelwart.

Langsam füllen sich Fisch & Vogel und die SchampBar wieder mit den vertrauten Gesichtern. Geri ist froh, die vorbildlose, die schreckliche Zeit hinter sich zu haben, und stiehlt sich vor dem Apéro jeweils ein halbes Stündchen fürs Solarium.

Die Nachwuchsfrage

In Geri Weibels Kreisen hat man keine Familie. Geri Weibels Kreise *sind* eine Familie. Die Vorstellung ist absurd, daß zum Beispiel Robi Meili sich jeden Dienstag um Viertel nach sechs in der SchampBar mit den Worten verabschieden könnte: »Tschau zusammen, hab heute die Kinder, ihr wißt schon: Isabelles Hexenabend.«

Oder daß das Fisch & Vogel neben dem Seeteufel-Carpaccio und dem Mistkratzerli al Prosecco einen Pingu-Teller für den Nachwuchs der Stammgäste auf der Karte führte.

Es hält sich zwar hartnäckig das Gerücht, daß der verstockte Vierzehnjährige, mit dem Alfred Huber manchmal an Donnerstagen zu Mittag ißt und dabei den Stammtisch meidet, ein geheimgehaltener Sohn aus einem früheren Leben sei und nicht der Neffe des Hauswarts, den er aus Gutmütigkeit in Berufswahlfragen berät. Derselbe Alfred Huber übrigens, den alle Izmir nennen, weil er damals aufgrund der Prospektinformation »keine speziellen Einrichtungen für Kinder« versehentlich Clubferien in der Türkei gebucht hat. Er ist der einzige, der etwas gegründet haben könnte, was allenfalls entfernt mit einer eigenen Familie zu tun hat. Der Rest der Szene erhält sich dadurch jung, daß er keine Kinder hat.

Geri Weibel ist froh um diese einzige Konstante in seiner sonst so trendbestimmten Welt. Und dankbar, daß ihm die Vergrößerung seines Fehlerpotentials um wenigstens dieses Gebiet erspart bleibt. Er hakt also das Thema ab und konzentriert sich auf die Krisenherde Fußball (gegen die Deutschen sein gleich bünzlig, für die Brasilianer sein gleich klischiert beginnt sich abzuzeichnen), Smart (»The Mini was Smarter«, hat er Robi Meili sagen hören) und NightMoor (»Für mich spiegelt die Honorardiskrepanz zwischen Moor und Baumann genau das Qualitätsgefälle zwischen den beiden Sendungen«, konstatierte Freddy Gut kürzlich).

Derart abgelenkt passiert ihm an einem Abend in der SchampBar der folgende Lapsus: Er geht nach dem Fisch & Vogel (wie immer) zu Charly an die Bar auf ein (wie seit neustem) Schlummer-Guinness und verpaßt (wie so oft) den Abgang. Gerade als er gehen will, brechen nämlich Freddy Gut und Izmir auf, und Geri muß noch eins bestellen, um nicht den Eindruck zu erwecken, er wolle sich aufdrängen. Er bleibt also an der Bar stehen und versucht, um nicht den Anschein von Unbeliebtheit zu erwecken, die Lücken zu schließen, die sich neben ihm auftun.

Aber die Reihen lichten sich rasch, Geri ist gezwungen, sich immer näher an Susi Schläfli heranzuschmuggeln, die Robi Meili und Carl Schnell die Hausgeburt einer entfernten Bekannten schildert, als hätte sie ihr persönlich beigewohnt. Es dauert eine Weile, bis ihr auffällt, daß Geri mithört. Sie bricht ihre Schilderung mitten im Satz »die Hebamme ist zweiundsiebzig und kommt noch mit dem Velo...« ab und schließt mit: »Anyway, drei Kilo einhundertvierzig und kerngesund.«

Um das betretene Schweigen zu überbrücken, das sich nach dem abrupten Abbruch ausbreitet, seufzt Geri: »Armes Würstchen« und fühlt sich dabei sicher auf dem Boden der Hausdoktrin der Szene, die besagt, daß niemand das Recht habe, weiteren Generationen ungefragt diese Welt zuzumuten.

Susi Schläfli murmelt etwas, das für Geri wie »Astloch« klingt, und verläßt das Lokal. Robi Meili schüttelt den Kopf, und Carl Schnell seufzt: »Ach Gerigeri.« Beide gehen ihr nach.

Es bleibt Charly überlassen, Geri jedesmal, wenn er beim Aufräumen bei ihm vorbeikommt, in kleinen Portionen aufzuklären. Susi ist schwanger. Ja, sie ist ganz sicher. Nein, sie sagt nicht, von wem. Ja, es ist ein Wunschkind.

Daß Susi sich ihm nicht persönlich anvertraut hat, mag ja noch damit zu erklären sein, daß sie sich die Chancen bei ihm nicht verderben wollte. (Geri ist sich nämlich fast sicher, daß sie eine uneingestandene Schwäche für ihn überspielt.)

Aber daß ihn das sonst flächendeckende Informationsnetz der Szene offenbar gezielt ausgespart hat, gibt ihm schon sehr zu denken. Hält man ihn für einen Kinderhasser?

Geri legt sich ins Zeug für eine der größten Imagekorrekturen seiner Laufbahn. Er abonniert zwei Elternzeitschriften, wälzt kinderpsychologische Laienliteratur, schmuggelt sich in einen Pflegekurs für angehende Väter, taucht mit seinem dreijährigen Neffen im Fisch & Vogel auf und beeindruckt die Stammgäste mit Fachkenntnis und psychologischem Enfühlungsvermögen.

So gut macht Geri seine Sache, daß er, als Tonito auf die Welt kommt (zwei Kilo achthundert und kerngesund), Susis bevorzugter Babysitter wird, wenn sie ihren persönlichen Freiraum braucht.

Die Gegentrendfrage

An einem anderen Tag, an dem es nicht schon am Morgen nach Herbst riecht und ein kalter Nieselregen den Spätnachmittag verdunkelt, hätte Geri Weibel die Bemerkung von Robi Meili kaum zu denken gegeben. Sie lehnen an der Bar, jeder mit einem unberührten Sandeman neben dem Ellbogen, und schauen zu, wie sich langsam der Schirmständer füllt. Ein Bild, das Robi Meili an London erinnert, denn er sagt: »In London tragen die Kids jetzt Birkenstock statt Nike.«

»Ich weiß«, antwortet Geri, wie immer, wenn ihn Meili mit einer Trendmeldung überrascht. Aber anstatt sie in seinem inneren Archiv für Trendmeldungen griffbereit abzulegen und zum nächsten Thema überzugehen, hängt er ihr noch nach, als ihn Meili längst an der Bar hat stehenlassen. Vielleicht zum erstenmal, seit er sich mit dem Neuen beschäftigt, wird ihm bewußt, wie eng auch in Trendfragen das Werden mit dem Vergehen verbunden ist. Der Gedanke deprimiert ihn.

So wird es denn auch etwas später an diesem Abend und folglich auch am nächsten Morgen. Das trägt ihm Schwierigkeiten mit Hofer ein, seinem Linienvorgesetzten, dem er schlecht erklären kann, daß ihn die Nachricht von der Ablösung von Nike durch Birkenstock in der Gunst trendbewußter Londoner Jugendlicher in eine Sinnkrise gestürzt hat, die er mit verschiedenen raren Destillaten zu überwinden versucht hat. Hofer gehört zu den Leuten, die modische Trends aussitzen, bis sie, wenn sie nach Jahren wiederkehren, erneut von ihnen ergriffen werden. Wahrscheinlich trägt er zu Hause Birkenstock. Noch und wieder.

Das Wetter bleibt regnerisch und verhindert vorerst ein Übergreifen des Londoner Birkenstocktrends auf das europäische Festland. Aber es nährt Geris Melancholie, die ihm jedesmal das Herz schwer macht, wenn er dem Nike-Zeichen auf einem nassen Turnschuh oder einer triefenden Nylonjacke begegnet. Wehmütige Reminiszenz eines Frühlings voller Hoffnungen, eines Sommers voller unerfüllter Träume.

Aber dann erwischt er Freddy Gut mit einem Rivella. Zwar weder im Fisch & Vogel noch in der SchampBar, sondern im Tea Room Gubler. Trotzdem, einer wie Freddy Gut tut nichts zufällig. Einer, dessen einzige Art, sich auszudrücken, die modische ist, bestellt kein Rivella, ohne damit ein Zeichen setzen zu wollen. Auch nicht auf neutralem Boden.

Wenn Freddy, Red-Bull-Pionier, Almdudler-Promoter und Alkopops-Kenner, riskiert, mit einem Rivella angetroffen zu werden, und sei es auch nur im Gubler, dann ist das ein Signal.

Geri ist ein geübter Deuter von Freddys Signalen und braucht nicht lange, um die Botschaft zu entschlüsseln: Rivella ist der Birkenstock unter den Softdrinks. Freddy Gut ist dabei, das Terrain für den Londoner Birkenstocktrend vorzubereiten.

Dieses Anzeichen dafür, daß die Stagnationsphase zwischen zwei Trends vorüber ist und die Dinge wieder in Bewegung geraten, reißt Geri aus seiner Melancholie. Er vergißt das Vergangene und wendet sich wieder dem Kommenden zu. Wie ein abgebrühter Trendwatcher prüft er Möglichkeiten, wie er dem Birkenstocktrend zuvorkommen kann, indem er ihn auf einer anderen Ebene variiert, ohne Freddy Guts Rivella-Variante zu kopieren.

Bei der Durchsicht seines Schranks stößt er auf: 1 Paar Frotteesocken, hellblau; 1 Lederkrawatte, weinrot; 1 Niedriglohnland-Seidenhemd, petrol; 1 Blazer, senfgelb; 1 Jeansmütze; 1 Calida-Pyjama, dunkelblau mit grauen Borten. Letzteren legt er unter das Kopfkissen, fest entschlossen, dessen Wirkung zu testen, falls es sich ergeben sollte, daß er diesen Abend die SchampBar in Begleitung verläßt. Ein einigermaßen kalkulierbares Risiko.

Die übrigen Anlehnungen an Birkenstock legt er in den Schrank zurück. Für die Testphase des Trends sind sie ihm noch etwas zu plakativ.

Er verläßt das Haus mit zwei diskreteren Accessoires aus der Birkenstock-Welt: einer Rolf-Knie-Bankkarte und einer Michel-Jordi-Ethno-Uhr.

Geri wartet lange auf eine Gelegenheit, sein Trendsignal zu setzen. Erst spät abends in der SchampBar sagt Robi Meili: »In London tragen die Kids jetzt Birkenstock statt Nike.«

Freddy Gut, die Modeautorität, nickt. »Das geht. Aber nicht eins zu eins. Als Bruch. Als ironisches Zitat, wie damals Adidas oder Swiss Ethno.«

Geri holt mit der Linken weit aus und schaut auf seine

edelweißverzierte Uhr wie jemand, für den es langsam Zeit wird.

»Bei gewissen Leuten«, fährt Freddy Gut fort, »wirkt es einfach zu authentisch.«

Die Gesundheitsfrage

Früher hieß das Fisch & Vogel ›Zum Kreuz‹ und hatte einen olivgrünen Nadelfilzboden, senfgelbe, grobgewobene Vorhänge und in der kalten Jahreszeit einen Windfang aus rotbraunen Pferdedecken. Mario und Lilo reduzierten dann das Lokal auf das Essentielle und legten seinen Parkettboden frei. Jetzt zieht es im Winter, vor allem am Stammtisch, der nahe bei der Tür steht.

Dafür ist die SchampBar im Winter überheizt. »Ihr kommt aus der Kälte, aber ich frier mir hier den ganzen Abend den Arsch ab«, sagt Charly, der Barman, wenn man ihn bittet, die Heizung herunterzudrehen oder wenigstens ein Fenster zu öffnen.

Wenn man die Wintermonate hindurch auf den Traumpfaden der Szene wandert – von der Naßkälte der Stadt in den Durchzug des Fisch & Vogel und von dort wieder durch die Naßkälte der Stadt in die Bruthitze der SchampBar – kann es passieren, daß man sich ab und zu eine Erkältung holt. Für Geri etwas vom Schlimmeren, was ihm passieren kann. Nicht, weil er die Krankheit schlecht verkraftet – er ist nicht wehleidig und besitzt eine gute Konstitution –, sondern weil sie ihn in Teufels Küche bringt. Denn bei aller Übereinstimmung in beinahe allen anderen Fragen des Lebens: Medizinisch ist die Szene des Fisch & Vogel und der

SchampBar zerstritten. Weder diagnostisch noch präventiv, noch therapeutisch herrscht *unité de doctrine.*

Das Schlimme an einer Erkältung besteht für Geri darin, daß er mit jeder Art, sie zu behandeln, Stellung beziehen und die weltanschauliche Harmonie seiner Umgebung stören muß. Darum unterdrückt er den Niesreiz, der ihn am Stammtisch des Fisch & Vogel mitten in einem Statement zum Phänomen Leonardo di Caprio überfällt. Aber Susi Schläfli bemerkt seine Grimasse. Sie schirmt demonstrativ ihre Atemwege mit dem Schal ab. »Bist du erkältet?« fragt sie. Vorwurfsvoll, denn seit Tonito auf der Welt ist, setzt Geri mit seinem Niesen die Gesundheit von Mutter *und* Kind aufs Spiel.

»Nicht, daß ich wüßte«, antwortet Geri obenhin.

»Deswegen ist eure Lebenserwartung niedriger als unsere, weil ihr nicht auf euren Körper hört.«

Susi Schläfli steht auf dem Standpunkt, daß der Körper ein selbständiges Wesen ist, das dem, der es bewohnt, verschlüsselt seine Bedürfnisse mitteilt und ihn etwa mit Niesreiz bestraft, wenn er sie nicht erfüllt.

»Echinacea«, sagt Freddy Gut. »Seit ich Echinacea nehme, habe ich den ganzen Winter über nichts. Zwanzig Tropfen abends und morgens. Bei den ersten Symptomen. War schon bei den Indianern als Heilpflanze bekannt.«

»Ich weiß nicht, ob ich mich gesundheitlich an einem praktisch ausgestorbenen Volk orientieren würde«, wirft Carl Schnell ein. »Ich halte mich da lieber an die Chinesen. Dreißig Tropfen Ginseng. Mein Akupunkteur nimmt das seit seinem fünfundzwanzigsten Geburtstag und war nie mehr krank. Jetzt ist er vierundsechzig.«

Geri unterdrückt wieder ein Niesen.

»Vielleicht etwas Allergisches?« schlägt Alfred Izmir Huber vor.

Geri schüttelt den Kopf. »Ich bin gegen nichts allergisch.«

»Das kannst du in einer Umwelt, die jeden Tag durch neue Wirkstoffe vergiftet wird, nicht mehr so einfach sagen«, gibt Carl Schnell zu bedenken.

»Was unternimmst du dagegen?« will Susi Schläfli wissen. Genau die Frage, die Geri befürchtet hat. Er will sich nicht wieder blamieren wie damals, als er, leicht erkältet, in der SchampBar ein Glas lauwarmes Wasser bestellte und Grapefruitkernöl hineinträufelte. »Spuck es aus«, hatte Susi Schläfli geschrien, »es ist synthetisch!«

Geri weiß bis heute nicht, wie ihm der Skandal um das falsch deklarierte Grapefruitkernöl hatte entgehen können, der den Siegeszug des trendigen Allheilmittels jäh gestoppt hatte.

Geri legt sich diesmal nicht fest. Er fragt: »Was schlägst du vor?«

»Teebaumöl«, antwortet Susi ohne Zögern. »Drei Tropfen in heißes Wasser und inhalieren. Morgen bist du wieder voll da.«

»*Uña de gato*«, schlägt Carl Schnell vor, »Tee aus einer Rinde aus dem peruanischen Regenwald. Drei Tassen täglich, und du bist immun.«

Robi Meili winkt ab. »Zink ist das einzige, was in diesem Stadium gegen Erkältung hilft. Eine Überdosis Zink.«

Am Abend erscheint Geri Weibel mit einer Tragtasche der alternativsten Drogerie der Stadt in der SchampBar. Sie enthält Echinacea, Ginseng, Teebaumöl, *uña de gato* und Zinktabletten.

Die vollsynthetischen gefäßverengenden, schleimhautabschwellenden Schnupfentabletten stecken in der Hosentasche.

Die Handyfrage

Geri Weibel hat ein paar Geheimnisse. Seit neuestem zählt dazu auch ein Handy. Eine nicht besonders gut durchdachte Anschaffung, wenn auch nicht gerade ein Spontankauf – mit Spontaneität hat Geri bisher keine guten Erfahrungen gemacht.

Die Idee dazu war Geri an einem Abend gekommen, an dem er in der SchampBar hängengeblieben war. Carl Schnell hatte die Lewinsky-Affäre mit der These erklären wollen, daß es bei Nationen gleich wie bei Menschen ein Alter gebe, in dem sie in die Pubertät kommen. Damit hat er den harten Kern der Stammgäste bis weit nach Mitternacht festgehalten. Als es Charly endlich gelang, die Bar zu schließen, fuhren keine Trams mehr.

Sie gingen, immer noch diskutierend, zum Taxistand. Geri überließ den wartenden Wagen den anderen, die in der gleichen Richtung wohnten, und blieb allein am leeren Taxistand zurück.

Noch bevor die Rücklichter des Taxis verglüht waren, setzte ein strömender Regen ein. Geri stellte sich fluchend in den nächsten Hauseingang. Weit und breit kein Taxi in Sicht. Nur ein jüngerer Mann, der sich in einen anderen Hauseingang rettete. Beide warteten. Kein Taxi in Sicht. Der junge Mann im anderen Hauseingang nahm ein Handy aus der Brusttasche und telefonierte. Kurz darauf kam ein Taxi. Geri rannte hin und öffnete die Tür. Der junge Mann öffnete die andere. Der Taxifahrer fragte: »Wer von euch hat angerufen?«

Am nächsten Tag begann Geri den Handy-Markt zu studieren. Am übernächsten wartete er bereits in einer Schlange in einem Swisscom-Shop. Als er endlich an die Reihe kam, gab es das Modell, für das er sich entschieden hatte, nicht mehr, und das Ausweichmodell nicht mehr in seiner Farbe.

Kaum hatte er den Shop mit dem falschen Modell in der falschen Farbe verlassen, kamen ihm Zweifel, ob er mit der Erklärung »strömender Regen, letztes Tram weg und weit und breit kein Taxi« durchkommen würde. Je länger er darüber nachdachte, desto mehr wuchs seine Überzeugung, daß nicht.

Geris Szene hat die Entwicklung des mobilen Telefons aus großer ironischer Distanz beobachtet. Das Autotelefon als GT-Streifen für Besserverdienende, dann das Natel als Beweis für permanente Unentbehrlichkeit, dann das Handy als selbstverständliches Accessoire des mobilen, urbanen Menschen.

Es gibt kein Indiz dafür, daß die Akzeptanz der mobilen Telefonie im Fisch & Vogel und in der SchampBar gestiegen wäre. (Und die Tatsache, daß er sich auch nicht an einen Beweis des Gegenteils erinnert, will er nicht überbewerten.) Er beschließt also, auf den passiven Gebrauch des Handys bis auf weiteres zu verzichten. Er hält die Nummer geheim und beschränkt den Gebrauch auf das Szenario »strömender Regen, letztes Tram weg und weit und breit kein Taxi«.

Das hätte er auch ohne weiteres durchgehalten, wenn Lilo nicht gewesen wäre. Lilo ist ein weiteres von Geris Geheimnissen. Sie hilft halbtags im Empfang der Firma aus, in der er arbeitet. Die Art von Mädchen, für die er sich vorstellen könnte, die Welt zu wechseln, weil sie nicht in seine paßt.

Eines Tages winkt sie Geri beim Verlassen der Firma zu sich und fragt, ob er mit ihr essen gehe. Im nahen vegetarischen Restaurant gesteht sie ihm ein Verhältnis mit einem um einige Jahre älteren verheirateten Mann. Es ist nicht das erstemal, daß Frauen sich Geri anvertrauen, als ob sie von ihm nichts zu befürchten hätten. Aber so hinreißend wie Lilo war bisher noch keine.

Beim ersten Essen spielt er seine Rolle als Neutrum fehlerlos. Aber schon beim zweiten Mal läßt er durchblicken, daß auch er nur ein Mann sei. Beim dritten Mal gibt er ihr zu verstehen, daß er für sie da sei, falls sie dem Kerl eine Lektion erteilen wolle.

Wenn Lilo darauf nicht mit einem verheißungsvollen »Wer weiß« geantwortet hätte, hätte er seine Handy-Nummer auch weiterhin für sich behalten.

An einem Freitagabend passiert das Malheur. Geri steht am Tresen in der SchampBar, als es in seiner Brusttasche zu piepsen beginnt. Wenn er nicht ausgerechnet neben Robi Meili gestanden hätte, hätte er vielleicht geantwortet. Aber so läßt er es piepsen.

»Ist das dein Handy, Geri?« fragt Robi Meili.

»Ich und ein Handy«, schnaubt Geri verächtlich.

»Dann muß es meins sein.« Meili greift in die Hosentasche. »Man fühlt sich so nackt ohne.«

Der Mann, der in der SchampBar die Trends setzt, hält in der Hand das gleiche Modell wie das, das jetzt in Geris Tasche zu piepsen aufgehört hat. Auch noch in der gleichen Farbe.

Die Gewaltfrage

Ganz tief in Geri drin schlummert ein Ledernacken, der alles niedermachen würde, was sich ihm in den Weg stellt, wenn er ihn ließe. Geri kennt ihn seit dem Sandkastenalter.

Er saß vertieft vor einer sauber ausgerichteten Reihe von Sandgugelhöpfen, die er vorsichtig, einen nach dem anderen, aus seinem Förmchen gestürzt hatte. Plötzlich begann Sylveli Frei ohne Anlaß einen nach dem anderen kaputtzuschlagen. Fünf Gugelhöpfe lang schaute er dem Gemetzel sprachlos zu, beim sechsten erwachte der Ledernacken in ihm. Der hob sein grünes Schüfeli und schlug es Sylveli Frei über die dünnen blonden Löckli. Acht Stiche.

Damals lernte Geri den Unterschied zwischen Gewalt gegen Sachen und Gewalt gegen Personen. Und er erfuhr, wie es ist, wenn man vom Sandkasten ausgeschlossen wird. Seither paßt er genau auf, an welche Regeln man sich halten muß, um im Sandkasten geduldet zu sein. Eine lautet: den inneren Ledernacken ruhigstellen. Geri wurde zu einem artigen Kind, fügsamen Jungen und harmoniebedürftigen Erwachsenen. Niemand ahnt, daß in seinem daunenweichen Innern ein Ledernacken schlummert, bereit, Tramkontrolleuren ins Gesicht zu springen, kleine Hunde zu treten, blasierte Verkäuferinnen niederzumachen und alte Damen an verkehrsreichen Kreuzungen im Stich zu lassen.

Nur ganz selten spielte ihm der gezähmte Ledernacken einen Streich. Zum Beispiel damals, als er ihn in *Ein Mann sieht rot* schleppte und Geri sich von Carl Schnell beim Verlassen des Kinos erwischen ließ. Oder damals, als er ihn bei der Armeeabschaffungsinitiative mit vorgehaltenem Sturmgewehr zwang, ein »Nein« in die Urne zu werfen. Aber meistens hat er ihn im Griff.

Das ist auch nötig, denn die Gewaltfreiheit ist eine der wenigen Konstanten im sonst doch eher trendbestimmten Zusammenleben von Geris Szene. »Ich fände es wirklich fair, wenn ihr mich jetzt Schluß machen ließet«, ist das Äußerste an Druck, das Charly, der Barman der SchampBar, anwendet, wenn die letzten Gäste auch bei Elvis' drittem »Muß i denn, muß i denn zum Städtele hinaus« keine Anstalten zum Austrinken machen. Und zu härteren Ausdrücken als »Findest du das gut?« wird selbst dann nicht gegriffen, wenn im Fisch & Vogel eine Dreiviertelstunde nach der Bestellung des Menü 1 der Bescheid kommt, es sei nur noch das Menü 2 da.

Auch Auseinandersetzungen zwischen den Stammgästen werden zivilisiert ausgetragen. Als Alfred Izmir Huber in einer Diskussion über das Meditative im Techno Susi Schläfli vorwirft, sie lasse wieder einmal nur Scheiße raus, wird er von ihr wegen »Anwendung von verbaler Gewalt« so lange geschnitten, bis ihr Carl Schnell nachweist, daß sie damit ihrerseits einen »Akt sozialer Gewalt« begeht.

Auch auf dem internationalen Parkett verfolgen Fisch & Vogel und SchampBar eine pazifistische Linie. Carl Schnell hegt im Zusammenhang mit der UNO-NATO-Interventionspolitik ernste Bedenken hinsichtlich deren völkerrechtlicher Legitimation, die auch von Geri geteilt werden. Geri, dessen innerer Ledernacken sich damals während der Operation *Desert Storm* fasziniert die *Impacts* der intelligenten Waffensysteme reingezogen hatte.

Aber in letzter Zeit glaubt Geri eine Aufweichung der pazifistischen Front im Fisch & Vogel und in der SchampBar zu beobachten. Es sind, wie immer bei großen Trendwenden, winzigste Anzeichen, die nur das geschulte Auge wahrnimmt: Charly muß an der Espressomaschine eine Gummidichtung ersetzen und hat keinen Kreuzschlitzschraubenzieher zur Hand – Alfred Izmir Huber hilft ihm mit einem *Leatherman* aus, der High-Tech-Version des Rambomessers.

Robi Meili kommentiert das Ultimatum an Milosevic mit einem beiläufigen »gewisse Leute verstehen nun einmal keine andere Sprache« – und Carl Schnell widerspricht ihm nicht.

Freddy Gut taucht an einem nicht einmal besonders rauhen Dezembertag mit Schuhen auf, die wie Fallschirmspringerstiefel aussehen – nur schwerer.

Es sind diese untrüglichen Hinweise auf einen Wandel hin zu einem unverkrampfteren Umgang mit der Gewalt, die Geri ermutigen, in der Spielwarenabteilung seines Lieblingswarenhauses dem Drängen seines inneren Ledernackens nachzugeben. Er schenkt Susi Schläflis Söhnchen Tonito zu Weihnachten eine kleine, aber täuschend echte Wassermaschinenpistole.

Wie zur Bestätigung der vermuteten Trendwende in der Gewaltverzichtsfrage schlägt sie ihm Susi Schläfli über den Kopf. Zehn Stiche.

Die Kultfrage

In Trendfragen ist Geri Weibel wie ein Kind: Er braucht Grenzen. Er will wissen, was in ist und was out, und er haßt jede Form von Interpretationsspielraum. Er liebt das Klare und Festumrissene.

Deshalb mißtraut er dem Begriff KULT. Mit ihm verliert sich Geris Richtschnur immer wieder im Nebulösen, denn KULT ist eine dritte Kategorie neben gut und schlecht.

Als der Rocky-Horror-Picture-Show-Kult Jahre nach der Premiere des Films in die Schweiz schwappte und man als Doctor Frank-N. Furter verkleidet in der Vorstellung mit Reiskörnern warf und Kerzen anzündete, war ihm noch einigermaßen klar, was der Begriff bedeutete: Kult war, wenn eine Minderheit von Eingeweihten etwas ziemlich Dämliches zum absolut Größten erklärte. Er sah sich im Schlepptau von Robi Meili eine Vorstellung an und gab sich Mühe, dessen Begeisterung zu teilen, was ihm einigermaßen gelang. Jedenfalls brachte er es auf vierzehn Vorstellungen und galt in der SchampBar eine Weile neben Robi Meili als die zweite R-H-P-S-Instanz. Erst als dieser ihn vor allen Stammgästen mit einem angedeuteten Gähnen fragte: »Wirst du eigentlich nie erwachsen?« – Geri war gerade dabei, von der Rocky-Horror-Picture-Show-Matinee vom letzten Sonntag zu erzählen –, ließ er das Thema fallen.

Kult ist in Geris Augen eine Erfindung, deren Zweck es ist, andere auszuschließen. Sei es dadurch, daß sie ihm noch nicht oder sei es dadurch, daß sie ihm noch immer frönen. Bei jedem neuen Kult fühlt er sich wie damals beim »Magischen Auge«, als plötzlich das halbe Mucho Gusto mit glasigen Augen auf farbige Muster stierte und begeistert rief »Ich hab's« oder »Jö! Zwei boxende Känguruhs!«.

Geri war neben Carl Schnell, der vorgab, sich nicht dafür zu interessieren, der einzige, der die dreidimensionalen Illusionsbilder nicht sehen konnte. So angestrengt er sich auch darauf konzentrierte, sich auf gar nichts zu konzentrieren, durch das Bild hindurchzuschauen und es vor seinem Auge verschwimmen zu lassen, es blieb eine Tapete aus geschmacklosen Computermustern. Die boxenden Känguruhs blieben Geri für immer verschlossen. Und dadurch der Kult an der Sache. Denn so viel ist Geri klar: Kult an einer Sache ist genau das, was dem Auge des Uneingeweihten verborgen bleibt.

Dieses Abseitsstehen ist schon für einen Menschen schmerzlich, dessen Lebensziel nicht unbedingt darin besteht, dazuzugehören. Für Geri Weibel ist es der reine Horror. Das Problem mit dem »Magischen Auge« konnte er damals noch dadurch lösen, daß er heimlich sämtliche Bände des »Magischen Auges« kaufte und sich die verborgenen Bildsujets und ihre Seitenzahlen auf der Auflösungsseite einprägte.

Aber wo findet er etwa die Auflösungsseite bei Harald Schmidt? Was muß er tun, damit sich im Tapetenmuster aus geschmacklosen Witzen die boxenden Känguruhs herausbilden, die Harald Schmidt zu Kult machen?

Wenn er sich die Sendung mit Eingeweihten anschaut, kann er ja noch lachen an den Stellen, wo alle lachen. Aber wann schaut sich einer wie Geri eine Late Show in Gesellschaft an? Und wie merkt er, allein vor dem Bildschirm, welche Sprüche er sich merken und beim Mittagessen im Fisch & Vogel zum besten geben muß?

Noch schwieriger: Verona Feldbusch. Geri hat keine Ahnung, was an ihr Kult sein könnte, aber er weiß auch nicht, was peinlicher ist: Nicht mitreden zu können oder zuzugeben, daß er nachts alleine Erotik-Magazine anschaut.

Wie eigentlich bei allen wichtigen Fragen des Lebens hat Geri auch bei der Kultfrage keinen Menschen, mit dem er darüber reden kann, ohne sich zu blamieren. Deswegen ist er auch hier auf seine eigene Theorie angewiesen. Sie lautet: Im besten Fall ist Kult die Bezeichnung für ein Kulturprodukt, dessen Erfolg sich auf ein sehr kleines Publikum beschränkt. Kultbücher, Kultfilme und Kultstars werden zwar nur von einer winzigen Anhängerschaft gefeiert, dafür aber um so frenetischer.

Im Normalfall ist Kult eine jenseits des guten Geschmacks getroffene Konvention, etwas aus Gründen, die Außenstehenden verborgen bleiben, Kult zu finden.

Im schlimmsten Fall ist Kult eine Verschwörung der Welt gegen Geri Weibel mit dem Ziel, ihm jeden Tag aufs neue vor Augen zu führen, daß er irgendwie daneben ist.

Der schlimmste Fall besäße den Vorteil, daß Geri Weibel dann selbst Kult wäre.

Die Diskretionsfrage

Geri geht sonst nie in die Lola Bar. Es ist einfach nicht seine Welt: Lämpchen, Nippes, Stummfilmstars in nostalgischen Rähmchen, Trouvailles aus den Brockenstuben, Portobello Groove der siebziger Jahre. Und immer Zarah Leander aus unsichtbaren Boxen.

Aber es ist einer dieser feuchtkalten Winterabende, an denen sich die SchampBar leert, bevor sie sich richtig gefüllt hat. Der harte Kern am Tresen zerbröselt und läßt einen Geri Weibel zurück, der weder Lust zu gehen noch zu bleiben hat. Charlys ostentative Wortkargheit vertreibt ihn schließlich. Als er auf dem Weg durch die menschenleere Gasse an der Lola Bar vorbeikommt, betreten gerade zwei junge Männer das Lokal. Durch die offene Tür dringt Gelächter. Das Gelächter von Menschen, für die der Tag noch nicht gelaufen ist. Wie für Geri.

Er geht also noch auf ein Glas in die Lola Bar. Eine Entscheidung, die er bereuen sollte.

Drinnen herrscht eine Stimmung wie bei einer Zusammenkunft der einzigen Überlebenden des Weltuntergangs. Aus einer boshaften Laune der Natur alles Männer. Geri sucht in der Getränkekarte zwischen *Bellinis, Tiger Ladys* und *Pick me ups* nach etwas Unverfänglichem und entscheidet sich für ein kleines Schweizer Bier. Er bezahlt gleich, als der Barman das Fläschchen mit spitzen Fingern bringt, als sei es eine tote Maus.

Hinter der Bar hängt ein großer Spiegel, durch den Geri die Gäste in Augenschein nimmt. Auf einer Eckbank direkt hinter ihm sitzen zwei Typen engumschlungen und küssen sich. Geri schaut schnell weg, aber irgend etwas treibt ihn, noch einmal hinzuschauen. Genau in diesem Moment öffnet der eine die Augen und schaut zu Geri. Ihre Blicke treffen sich. Es ist Freddy Gut. Geri tut, als hätte er ihn nicht erkannt, stürzt sein Bier runter und geht. Zarah Leander singt »Davon geht die Welt nicht unter«.

Freddy Gut! Der Trennungsgrund von Klaus Trüb und Bettina Keller. Freddy Gut! Das Verhängnis von Lily Staub. Freddy Gut! Der Mann, der ihm Ada ausgespannt hatte. Geri überlegt sich, ob er ein paar Tage das Fisch & Vogel und die SchampBar meiden soll. Aber er verwirft den Plan. Je schneller er Freddy signalisiert, daß sein Geheimnis bei ihm gut aufgehoben ist, desto besser.

Als Geri am nächsten Tag ins Fisch & Vogel kommt, sitzt Freddy Gut mit Susi Schläfli, Carl Schnell und Robi Meili am Stammtisch. Geri setzt sich ganz unbefangen dazu, bestellt und richtet sich darauf ein, seine Mittagspause wie üblich als Zaungast zu verbringen. Aber diesmal gelingt ihm das nicht. Freddy Gut bezieht ihn immer wieder ins Gespräch ein. Wie ein routinierter Gastgeber einen schüchternen Gast.

Am Abend, als Geri die SchampBar betritt, sitzt Freddy Gut alleine am Nischentischchen und winkt ihm schon von weitem zu. Geri wäre lieber zu den anderen an die Bar gegangen. Aber er setzt sich zu ihm. Er möchte nicht, daß Freddy meint, er habe Vorurteile.

Als die anderen zum Essen gehen, sagt Freddy: »Mir ist irgendwie nicht nach Fisch & Vogel« und bestellt, ohne Geris Antwort abzuwarten, zwei Mortadella-Ciabatta und zwei weitere Cava.

Als die anderen zurückkommen, sind Geri und Freddy voll in Fahrt. Freddy hat die Lola Bar mit keiner Silbe erwähnt. Aber jedesmal, wenn er etwas Lustiges erzählte, die Hand kurz auf Geris Oberarm gelegt. Eine Geste, die Geri schon früher an ihm beobachtet hat. Aber jetzt interpretiert er sie anders.

Als die SchampBar schließt, bestellt Freddy ein Taxi. »Ich laß dich bei dir raus, liegt praktisch am Weg.«

Jetzt beginnt Geri, sich ernsthaft Sorgen zu machen. Seine Wohnung liegt in der Gegenrichtung von Freddys. Sie fahren schweigend durch die nächtliche Stadt. Geri nimmt sich vor, Müdigkeit vorzuschützen, falls Freddy sich noch auf einen Kaffee einlädt.

Aber zu seiner großen Erleichterung wünscht ihm Freddy vor seiner Wohnung gute Nacht und läßt ihn unbehelligt aussteigen.

In den folgenden Tagen sind Geri und Freddy oft zusammen. Solange die anderen nicht über Freddy Bescheid wissen, kann diese neue Freundschaft Geris Ansehen nur nützen. Geri registriert bereits, daß sie ihn mit neuem Interesse betrachten.

Am fünften Abend am Nischentischchen der SchampBar fragt Freddy nach dem vierten Cüpli: »Wie wär's endlich mit einem Coming-out, Geri?«

Geris Antwort kommt wie aus der Kanone geschossen: »Davon würde ich dir dringend abraten, DRINGEND.«

Freddy lacht. »Von mir wissen es längst alle. Ich meine dich, Geri.«

Die Integrationsfrage

Es ist nicht so, daß jedes neue Gesicht, das in der Schamp-Bar auftaucht, Aufsehen erregt. Das Lokal ist gut besucht, Passantenlage. Auch wenn ein neues Gesicht zwei-, dreimal wiederkommt, wird davon nicht groß Notiz genommen. Erst wenn es sich länger hält, kommt es vor, daß die Extrovertierteren unter den Stammgästen sich gelegentlich zu einem Nicken herbeilassen, so dosiert, daß es nicht als Fraternisieren mißverstanden werden kann. Denn bevor man den Aufwand betreibt, sich auf neue Leute einzulassen, sollte man die Gewißheit haben, daß sie sich eine Weile halten.

In diesem Licht betrachtet, ist Ralph eine absolute Ausnahmeerscheinung. Er kommt eines Abends herein, lehnt sich an die Bar, bestellt einen Ouzo (einen Ouzo?) und schaut sich spöttisch um. Ein schmächtiger, bleicher Jüngling im Pensionierten-Lumber lehnt an der Bar, trinkt Ouzo und schaut sich spöttisch in der SchampBar um! Wie einer, der von einer langen Reise in sein Dorf zurückkommt und alles noch genau gleich vorfindet wie damals.

Auch eine Art, seine Unsicherheit zu überspielen, denkt Geri. Als er das nächste Mal hinschaut, spricht das Babyface mit Charly. Wurde Zeit, daß er lernt, sich wie ein Barman zu benehmen, denkt Geri. Mit ihm hatte Charly wochenlang nicht gesprochen.

Als er wieder hinschaut, ist der Fremde mit Freddy Gut ins Gespräch vertieft. Ach so, ein Verwandter von Freddy, denkt Geri. Einen anderen Grund, warum dieser mit einem im Pensionierten-Lumber spricht, kann er sich nicht vorstellen. In Stylingfragen ist Freddy heikel.

Am nächsten Tag ist das Milchgesicht bereits da, als Geri die SchampBar betritt. Es lehnt wieder an der Bar, wieder mit einem Ouzo, und schaut Geri mit dieser spöttischen Herausforderung an. Wie wenn er erwarten würde, von ihm gegrüßt zu werden.

Geri denkt nicht daran. Er setzt sich an den Nischentisch mit dem »Reserviert«-Schild. Ein Privileg der langjährigen Habitués. In kurzen Abständen treffen Robi Meili, Susi Schläfli und Carl Schnell ein. Keiner setzt sich an den Nischentisch, alle gehen sie an die Bar. Nach kürzester Zeit sind sie in ein Gespräch mit dem Knaben verwickelt. Sie scheinen es lustig zu haben.

Vielleicht, denkt Geri, war es ein Fehler, ihm nicht zuzunicken. Es wäre ja an ihm, dem Alteingesessenen, gewesen, dem Neuen das Gefühl zu geben, er sei willkommen. Wieso soll es jedem neuen Gesicht so gehen wie ihm, der wochen-, ja monatelang darum kämpfen mußte, beachtet zu werden. Der, wenn er ehrlich ist, noch heute immer wieder darum kämpfen muß.

An den Nischentisch hätte er ihn nicht winken können, zu großes Sakrileg. Aber er stellt sich vor, wie es gewesen wäre, wenn er einfach auf den jungen Mann zu gegangen wäre und ihn gefragt hätte: »Was trinkst du da?« Oder mit sonst einer lockeren Bemerkung das Eis gebrochen hätte. Er wäre mit dem Neuen bereits an der Bar gestanden, wenn die anderen gekommen wären, und er wäre es gewesen, der dem Debütanten das Entrée verschafft hätte.

Er könnte sich ohrfeigen, daß er sich nicht wie sonst immer eine Zeitung genommen hat. Mit einer Zeitung kann man die Situation abschätzen, während man vortäuscht, sich noch rasch à jour zu bringen, bevor man zum gesellschaftlichen Teil übergeht. Er hätte dann die Zeitung angewidert weglegen und sich ganz ungezwungen zu den anderen gesellen können.

Am nächsten Abend geht Geri direkt an die Bar. *The new kid* ist nicht da. Erst als Geri schon bestellt hat – einen Ouzo, was er sogleich als eventuell doch etwas übertrieben bereut –, bemerkt er ihn. Er sitzt mit Freddy Gut und Susi Schläfli am Nischentisch. Und er Idiot ist grußlos an ihnen vorbeigegangen. Wie ein xenophober Spießer, der Angst um seine Privilegien hat.

Geri verbringt noch eine halbe Stunde an der Bar und muß mit ansehen, wie sich auch Robi Meili und Carl Schnell an den Nischentisch setzen. Er sagt zu Charly: »Shit, Termin vergessen«, und verdrückt sich.

Am nächsten Tag kommt Geri früher als sonst in die SchampBar. Kurz nach ihm kommt der Neue. Geri fängt ihn ab und nötigt ihm einen Platz am Nischentisch auf. Er heißt Ralph. Andere Generation, aber ganz interessant.

Zuerst kommt Susi Schläfli und geht grußlos an die Bar. Dann Freddy Gut und Carl Schnell, dann Robi Meili. Alle direkt an die Bar.

»Siehst du diese Möchtegerns dort an der Bar?« fragt Ralph. »Gestern habe ich denen gesagt, daß ich verstehe, warum du ihnen aus dem Weg gehst.«

Die Elternfrage

Die SchampBar und das Fisch & Vogel sind entfamiliarisierte Zonen. Wer dort verkehrt, wird nicht nach seinem Hintergrund gefragt. Und wenn darüber Gerüchte kursieren – wie im Fall von Susi Schläfli, von der es heißt, ihr Vater besitze mehrere Patente auf dem Befestigungstechniksektor –, werden sie nicht einmal dementiert. Im Fisch & Vogel und in der SchampBar kann jeder sein, wie er ist. Oder wie im Fall von Geri Weibel, wie er glaubt, sein zu müssen.

Es würde, zum Beispiel, niemandem einfallen, sich mit seiner Mutter in der SchampBar zum Apéro zu treffen oder den Sechzigsten des Vaters im Fisch & Vogel zu begehen. Für solche Zwecke gibt es andere Lokale.

Diese Demarkationslinie ist für Geri eine solche Selbstverständlichkeit, daß er nie auf die Idee gekommen ist, sie gegenüber seinen Eltern zu erwähnen.

Man kann also Gertrud Weibel keinen Vorwurf machen, daß sie eines Tages ihrem Mann Alois den Vorschlag macht, im Fisch & Vogel zu essen. Man hat Zeit, man ist pensioniert, und Alois sollte wegen seines Blutdrucks mehr Fisch und Geflügel essen.

Sie sind die ersten Mittagsgäste und bekommen zwei Plätze an einem netten Sechsertisch in Fensternähe. Gertrud Weibel setzt sich so, daß sie den Eingang im Auge behalten kann. Könnte ja sein, daß zufällig Geri heute auch hier ißt. Vielleicht, wenn Geri ihnen gegenüber erwähnt hätte, daß er praktisch immer hier ißt, könnte man Weibels unterstellen, sie hätten es auf ein Zusammentreffen abgesehen. Aber Geri hatte damals, als ihn seine Mutter auf das Zündholzbriefchen mit dem Fisch und dem Vogel ansprach, die Bedeutung des Lokals in seinem Leben heruntergespielt. Es sei okay, wenn man einmal Lust auf Fisch oder Geflügel habe.

Langsam tröpfeln die Gäste herein und verteilen sich auf die Tische. Zwei-, dreimal schnellt Gertrud Weibels Hand in die Höhe, weil sie Geri zu erkennen glaubt. »Die sehen auch alle gleich aus, gleiche Frisur, gleich angezogen«, sagt sie zu ihrem Mann.

Der schaut von der Speisekarte auf und wundert sich. »Hühnerbrust mit Dörrpflaumenfüllung?«

Gertrud Weibels Hand schnellt empor. »Uhu, Geri!« ruft sie. Am Stammtisch drehen sich ein paar Köpfe um.

Geris erster Impuls, als er die Stimme seiner Mutter hört, ist umkehren. Einfach rechtsumkehrt und ab. Sein zweiter: umfallen und sich totstellen. Sein dritter: lächelnd auf den Tisch zugehen, von dem die Stimme kommt. Er entscheidet sich für den dritten. Wenigstens hat sie ihn nicht Gegeli gerufen.

»Was macht denn IHR da?« rutscht es Geri heraus, als er seine Mutter mit einem artigen Kuß begrüßt und seinem Vater die Hand schüttelt.

»Essen«, antwortet seine Mutter. Im defensiven Tonfall, der Geri seit seiner Kindheit auf die Nerven geht.

»Wie ist Hühnerbrust mit Dörrpflaumenfüllung?« fragt sein Vater.

»Eine Art Cordon bleu, aber mit Dörrpflaumen gefüllt«, antwortet Geri. Er steht immer noch unentschlossen neben dem Tisch.

»Warum setzt du dich nicht? Bist du verabredet?« fragt seine Mutter. Geri setzt sich mit dem Rücken zum Stammtisch.

»Paniert?« fragt der Vater.

»Sind das Freunde von dir?« Gertrud Weibel deutet auf den Stammtisch.

»Nein«, antwortet Geri.

»Warum schauen die denn immer so hierher?«

»Nein, nicht paniert, meine ich.«

»Cordon bleu ist aber paniert«, erwidert Alois Weibel.

Geri schaut in die Menükarte seines Vaters. »Dann nimm doch Lachstranche auf Lauchbett.«

Seine Mutter hat seine kurze Unaufmerksamkeit ausgenützt und jemanden herangewinkt.

Geris Mutter besitzt eine Art, Leute heranzuwinken, die keinen Widerspruch duldet. Augenblicklich steht Freddy Gut am Tisch. »Wollen Sie sich nicht zu uns setzen? Wir sind Geris Eltern.«

»Freut mich«, antwortet Freddy, »aber ich bin dort mit zwei Kollegen.«

»Bringen Sie sie mit, hier sind drei Plätze frei«, befiehlt Geris Mutter. Kurz darauf kommt Freddy mit Robi Meili und Susi Schläfli zurück.

Während des ganzen Essens (Hühnerbrust mit Dörrpflaumenfüllung) sitzt Geri wie auf Nadeln. Aber seine Eltern zeigen sich von ihrer besten Seite. Nach dem Kaffee ist Geri so entspannt, daß er es riskiert, sie einen Toilettenbesuch lang allein zu lassen. Als er zurückkommt, haben seine Eltern für den ganzen Tisch bezahlt.

Am Abend in der SchampBar sagt Freddy Gut: »Ziemlich cool, deine Eltern, Gegeli.«

Die Haustierfrage

Geri bemerkt den Pudel schon vor dem Apéro. Er rennt konfus von einem Passanten zum anderen, schnuppert kurz und rennt weiter. Geri schafft es in die SchampBar, bevor das Tier auch ihn beschnuppert. Er kann es nicht besonders mit Hunden.

An diesem Abend läuft es für ihn nicht nach Wunsch. Die SchampBar hat keinen Mittelpunkt. Die Zelle hat sich gespalten in ein Grüppchen um Robi Meili und Susi Schläfli und eines um Carl Schnell und Freddy Gut. Geri haßt solche Konstellationen. Jede Entscheidung für einen der beiden Schauplätze ist eine gegen den jeweils anderen. Er kann sich nicht entspannen. Immer quält ihn der Verdacht, die Zellteilung habe einen Grund, den er nicht kennt, und er solidarisiere sich in irgendeiner Sache für etwas und gegen jemanden. So pendelt er denn zwischen den Brennpunkten hin und her und landet in der Regel zwischen Stuhl und Bank.

So auch an diesem Abend. Er befindet sich gerade bei der Schnell-Gut-Gruppe, als die beschließt, noch kurz im Grappino reinzuschauen. Il Grappino ist eine neue italienische Stehbar, über die Geri von Robi Meili kürzlich eine abschätzige Bemerkung aufgeschnappt hat. In so heiklen Fragen wie neue Lokale verläßt er sich immer noch auf den

Trendbarometer Meili. Er klinkt sich also aus und nimmt sich vor, sobald die Schnell-Gut-Gruppe gegangen ist, das Thema Grappino in der Meili-Schläfli-Gruppe aufzubringen. Er nützt den Aufbruch zu einem kurzen Toilettenbesuch. Als er zurückkommt, sind beide Grüppchen gegangen. Ins Grappino, wie er von Charly erfährt. Er muß dem tödlich beleidigten Barman bis Lokalschluß Gesellschaft leisten. Dann macht er sich verdrossen auf den Heimweg.

Draußen empfängt ihn eine laue Mainacht. Kaum ist er ein paar Schritte durch die stille Gasse gegangen, taucht der Pudel auf, beschnuppert ihn und wedelt mit dem, was man von seinem Schwanz übriggelassen hat.

»Hau ab«, zischt er. Nicht zu laut, denn das Tier ist nur etwa drei Zentimeter unter Geris Angstgrenze. Ab dreißig Zentimeter Höhe fürchtet er sich vor Hunden. Aber der Pudel geht nicht weg. Er tänzelt ihm um die Beine wie ein Mini-Lipizzaner. Und als Geri das ignoriert, stellt sich das Tier auf die Hinterbeine wie ein winziges Känguruh.

Vor dem Alten Brauhaus stehen zwei Betrunkene und applaudieren begeistert.

Unter anderen Umständen hätte er Mittel und Wege gefunden, die Affäre an diesem Punkt zu beenden. Aber die Nacht ist lau und Geri nicht immun gegen spontane Zuneigung, selbst seitens eines Pudels. So kommt es, daß er nichts dagegen unternimmt, daß ihn das Tier bis vor die Haustür begleitet.

Dort aber wird Geri konsequent. Er öffnet die Tür einen Spalt, schlüpft hinein und schließt sie sofort hinter sich. Eisern entschlossen, jedes Winseln und Bellen kalt zu ignorieren.

Aber nur das Ticken des Lichtautomaten im Treppenhaus und der Motor eines späten Autos sind zu hören. Geri öffnet die Tür einen Spalt. Vor der Schwelle sitzt der Pudel und schaut ihn an. Direkt in die Augen.

In der Küche verschlingt der Zwerg die dreihundert Gramm Fleischkäse, die Geri für seine sorgfältig geheimgehaltenen Anfälle von politisch inkorrekten Eßgelüsten im Kühlschrank bereithält. Er spült sie mit einem halben Liter Wasser herunter, das Geri ihm mit etwas Nesquik aufgepeppt hat.

Am nächsten Morgen erwacht Geri Weibel neben einem apricotfarbenen Toy-Pudel. Er geht ins Bad, das Tier bleibt noch ein wenig liegen. Erst als er sich seinen Kaffee macht, erscheint es und begrüßt ihn mit einer Überschwenglichkeit, die ihn von seinem Vorsatz abbringt, auf dem Weg zur Arbeit bei einem Tierheim vorbeizufahren. Statt dessen meldet er sich krank.

Die folgenden Tage verläßt Geri das Haus nur zum Gassigehen und Einkaufen. Er zermartert sich das Hirn nach einer halbwegs plausiblen Entschuldigung, in der SchampBar mit einem tänzelnden apricotfarbenen Toy-Pudel aufzutauchen. Am vierten Tag gelangt er zur bitteren Erkenntnis: Es gibt keine.

Vor die Wahl gestellt, selbst ausgestoßen zu werden oder den Pudel zu verstoßen, entscheidet sich Geri – wer wird es ihm verdenken? – für Geri. Nie wird er den Blick des kleinen Geschöpfs vergessen, als er es an der gleichen Stelle, wo es ihm zugelaufen ist, mit wüsten Drohungen zum Teufel jagt.

Als er zwei Tage später wieder in der SchampBar auftaucht, stellen ihm Susi Schläfli, Freddy Gut, Robi Meili und Carl Schnell das neue Maskottchen der Bar vor: einen apricotfarbenen Toy-Pudel, den sie Mimi la Douce nennen.

Als Geri das Tierchen streicheln will, knurrt es ihn böse an.

Die Korruptionsfrage

Nein sagen ist nicht Geris Stärke. Sonst würde er nicht immer wieder in Situationen wie diese geraten:

Es ist kurz nach sechs. Zeit für den Apéro in der SchampBar, bevor er ins Fisch & Vogel essen geht, um danach in der SchampBar den Abend ausklingen zu lassen. Ein Tag wie jeder andere, außer daß es stärker regnet als sonst.

Geri zirkelt seinen Schirm durch den Strom von Schirmen, der in der Gegenrichtung durch die Fußgängerzone fließt. Eine Aufgabe, die seine ganze Aufmerksamkeit in Anspruch nimmt und ihn daran hindert, Leute wie Esteban rechtzeitig zu erkennen und ihnen aus dem Weg zu gehen.

Esteban steht plötzlich vor ihm, in einem dünnen Regenmäntelchen, ohne Schirm und ohne Kopfbedeckung, jeder Zoll ein stummer Vorwurf. »Hallo, Geri«, sagt er, »wie geht's?«

Hinter Esteban stauen sich kurz die Schirme und fließen dann links und rechts an ihm vorbei. Geri sagt: »So lala, und dir?« Esteban lächelt tapfer und gibt keine Antwort. Geri schämt sich sofort für die Frage. Wie soll es Esteban schon gehen? Natürlich schlecht. Und das haben alle zu verantworten, die das Mucho Gusto verraten und zum Fisch & Vogel übergelaufen sind. Also auch Geri.

»Hast du einen Moment Zeit?« fragt Esteban im Tonfall von einem, der im voraus weiß, daß die Antwort nein sein wird.

»Ja«, sagt Geri.

Die Antwort überrascht beide. Geri findet als erster die Sprache wieder: »Worum handelt es sich?«

»Nicht hier«, sagt Esteban. »Ich dachte, wir könnten irgendwo in der Nähe...«

In der Nähe sind die SchampBar, das Fisch & Vogel und das Mucho Gusto. Das einzige Lokal, in dem Geri sicher sein kann, nicht von seiner Clique mit dem Wirt des Mucho Gusto gesehen zu werden, ist das Mucho Gusto. Er sagt also: »Warum gehen wir nicht kurz zu dir?«

Esteban nickt nur. Er kann nicht sprechen, so sehr bewegt ihn der Vorschlag.

Geri möchte nicht mit Esteban unter einem Schirm gesehen werden. Aber es würde auch seltsam aussehen, wenn er unter dem Schirm und Esteban daneben gehen würde. Er löst das Problem, indem er den Schirm schließt und die fünfzig Meter bis zum Mucho Gusto im Regen zurücklegt.

Esteban öffnet Geri die Tür wie ein armer, aber ehrlicher Mann einem hohen Gast die Tür zu seiner bescheidenen, aber sauberen Hütte.

Früher war um diese Zeit das Mucho Gusto gerammelt voll gewesen. Es jetzt fast leer zu sehen gibt Geri einen Stich.

Esteban geleitet ihn zum Tisch, der früher ihr Stammtisch gewesen war. Er kommt kurz darauf mit zwei Coronas mit Zitronenschnitz im Flaschenhals zurück.

Corona mit Zitronenschnitz! 1999!

Geri läßt sich nichts anmerken. Er nuckelt an der Flasche, als ob er keine Ahnung hätte von den urbanen Getränke-Trends der Jahrtausendwende, und hört sich Estebans Anliegen an.

Esteban redet etwas um den Brei herum. Aber dann begreift Geri, was er von ihm will: Er soll als Schlepper für das Mucho Gusto arbeiten.

Das Angebot ist so unanständig, daß es Geri für einen Moment die Sprache verschlägt. Daß er nicht sogleich aufsteht und das Lokal verläßt, liegt an der Art, wie Esteban es formuliert. »Ich brauche die Trendwende, und die braucht die Trendsetter, und du bist der einzige, der mir diese bringen kann.«

Die Honorierung ist einfach: Alles, was Geri mit einem Trendsetter, den er bringt, ißt und trinkt, wird ihm von Esteban diskret zurückerstattet.

Geri sagt nicht ja. Aber er sagt auch nicht so richtig nein.

Natürlich fällt es Geri Weibel nicht im Traum ein, für ein Gratisessen seinen Ruf als einigermaßen trendsicheres Mitglied der Szene aufs Spiel zu setzen. Im Gegenteil, als Robi Meili im Fisch & Vogel eines Tages sein Seafood-Taco mit der Bemerkung stehenläßt: »Da bekommt man ja Heimweh nach dem Mucho Gusto«, hakt Geri nicht nach.

Auch als ihn Meili auf dem Weg von der SchampBar ins Fisch & Vogel fragt: »Hast du auch manchmal Lust aufs Mucho Gusto?«, hält es Geri für einen von Meilis gefürchteten Lifestyle-Tests und schüttelt den Kopf.

Aber als dann Carl Schnell, Susi Schläfli und Freddy Gut mit Robi Meili tatsächlich eines Tages spontan ins Mucho Gusto statt ins Fisch & Vogel gehen, schließt er sich an.

Als er später bei Esteban auftaucht, um seine Rückerstattung abzuholen, sieht er Robi Meili am Stammtisch an einer Corona nuckeln. Esteban schiebt ihm gerade ein Kuvert über den Tisch.

Die Kubafrage

Das Mucho Gusto hat sein Comeback Geri Weibel und den Amerikanern zu verdanken. Ohne Embargo hätten sich die kubanische Musik und ihre Interpreten nicht so gut konserviert, daß sie vierzig Jahre nach Batista ein solches Revival erleben konnten. Auf Geris Rolle kommen wir später zu sprechen.

Als Esteban vor zwölf Jahren das Lokal gründete, hieß es Traube. Ein Name, mit dem er glaubte, leben zu können. »Wie man kocht, ist wichtig, nicht, wie man heißt«, war sein Leitsatz, von dem er schon nach wenigen Monaten abrückte. Robi Meili, der sich damals für kurze Zeit als Corporate-Identity-Berater versuchte, überzeugte Esteban davon, daß der Name eines Lokals Programm sein müsse. Er schlug ihm Mucho Gusto vor und verkaufte ihm Schriftzug und Corporate Design für sechshundert Tagesmenüs.

Mucho Gusto war Robi Meilis Art, weltläufig auszudrücken, daß die Speisekarte etwas für jeden Geschmack enthält. Sein Spanisch ist etwas rudimentär. Und das von Esteban überhaupt nicht vorhanden. Sein spanischer Vorname ist in Wirklichkeit ein Spitzname, den ihm einst sein Lehrmeister verpaßt hatte, um ihn vom anderen Kochlehrling zu unterscheiden, der ebenfalls Stefan hieß.

Das Mucho Gusto war bis zur Trendwende, wie Esteban

den Moment nennt, an dem sich die Clique von ihm abwandte, ein Multikultilokal gewesen, das immer ein wenig an seinem Alternativimage herumzukorrigieren hatte.

Und als solches wäre es auch trotz Estebans verzweifelten Comeback-Bemühungen in die Geschichte der vergessenen In-Lokale eingegangen.

Wenn Geri Weibel nicht die kubanische Musik neu entdeckt hätte. Ja, Geri Weibel – das läßt sich belegen – hat schon kubanische Boleros gehört, als der Rest der Szene noch auf Techno abfuhr. Er hatte sich 1995 bei einem Taxichauffeur nach der Musik erkundigt, die während der Heimfahrt lief, und sich die Kassette, eine angeblich unter Lebensgefahr in Havanna gezogene Raubkopie kubanischer Boleros, für zweiunddreißig Franken aufschwatzen lassen.

Die Kassette war rasch amortisiert. Wenn er spät aus der SchampBar nach Hause kam, legte er sie ein und hörte ein paar Stücke vor dem Einschlafen. Geri ist sicher, daß diese frühe Begegnung mit der kubanischen Musik ihm den Zugang zum kubanischem Lebensgefühl wesentlich erleichtert hat. Heute kommt ihm das zustatten, wo das Mucho Gusto im Begriff ist, zum lokalen Zentrum des kubanischen Musik-Revivals zu werden.

Geri Weibels Einfluß auf diese Entwicklung ist eher indirekt. Seine Art, neue Trends zu entdecken und durchzusetzen, ist bekanntlich sehr unaufdringlich. Im Fall Kuba beschränkte er sich darauf, die Kassette spätnachts einer Zufallsbekanntschaft namens Jasmin vorzuspielen, in der SchampBar den Refrain von »Dos Gardenias« zu summen und in Anwesenheit von Freddy Gut einen Cuba Libre zu bestellen. Aber das reichte, um den Virus freizusetzen.

Denn kein Jahr später produziert Ry Cooder die CD *Buena Vista Social Club*. Kurz darauf nimmt der kubanische Pianist Rubén González mit fast achtzig sein erstes Album auf. Und jetzt rettet sich auch noch das Mucho Gusto aufs Trittbrett des kubanischen Musikexpresses.

An den Wänden hängen jetzt Schwarzweiß-Fotos von karibischen Stränden und zerbeulten amerikanischen Limousinen aus den fünfziger Jahren. Dort, wo früher der Garderobenständer stand, sorgt jetzt eine Kübelpalme für tropische Atmosphäre.

Das Mucho Gusto strahlt heute die schäbige Eleganz einer Zwei-Stern-Hotelbar in Ost-Havanna aus. Und klingt wie ein kubanischer Nightclub für amerikanische Mafiabosse in den fünfziger Jahren.

Die Speisekarte hat sich nicht groß geändert. Der Gemüsevollreis heißt jetzt *Arroz a la Cubana* und hat Bananen drin, das scharfe Poulet nennt sich jetzt *Pollo Criollo*.

Susi Schläfli trägt wieder Décolletés. Robi Meili, Carl Schnell, Freddy Gut und Alfred Huber unterscheiden schlafwandlerisch zwischen Bolero, Son, Guajira, Guagancó und Danzón. Sie bewegen sich mit der gemessenen Schlaksigkeit greiser Soneros, trinken *Mojitos* (Rum, Zitrone, Zucker, Soda, Eis und frische Minze) und ahnen nicht, daß sie das neue Lebensgefühl nicht nur dem Embargo, sondern vor allem Geri Weibel zu verdanken haben.

Der bereitet sich jetzt auf ein Comeback des Fisch & Vogel vor. Er tippt auf ein Re-Revival der Schweizer Volksmusik. Ein Taxichauffeur hat ihm kürzlich eine Raubkopie einer raren Aufnahme des Trio Eugster aufgeschwatzt.

Die Panachéfrage

In diesen Zeiten des Umbruchs findet man Geri Weibel noch öfter als sonst in der SchampBar. Sie ist der einzige sichere Hafen im aufgewühlten Bermudadreieck. Fisch & Vogel – Mucho Gusto – SchampBar. Der neutrale Boden, auf dem sich die Fisch & Vogel- und Mucho-Gusto-Fraktionen friedlich begegnen. Charly hat begonnen, über Mittag ein kleines Angebot an Ciabatte zu servieren – Mozzarella/Tomate, Jamón, Räuchertofu, Spinat. Das Angebot erfreut sich großer Beliebtheit bei denjenigen, die nicht mit jeder Mahlzeit einen Offenbarungseid ablegen wollen. Einer wachsenden Gemeinde.

Beflügelt von diesem unerwarteten Aufschwung und von einer trügerischen Serie von vier Sommertagen, reicht Charly das Gesuch ein, ein paar Tische in die Fußgängerzone stellen zu dürfen. Er erhält anstandslos eine auf drei Jahre befristete Bewilligung. Spätestens jetzt müßte er wenigstens die Meinungsführer des harten Kerns konsultieren. Er tut es nicht. Eines Mittags stehen als Überraschung drei runde Stehbars vor dem Lokal. Gußeiserne Gestelle mit imprägnierten Holztischplatten, aus deren Mitte ein Sonnenschirm ragt.

»Paß auf, da will dir jemand eine Döner-Kebab-Bude vor den Laden stellen«, warnt ihn Freddy Gut, als er die

SchampBar betritt. Charly gesteht, daß es sich um eine saisonale Erweiterung des Lokals handelt, in welche er, die Bewilligung eingerechnet, über fünftausend Franken investiert hat.

»Dabei gibt es diese Tische auch gratis«, sagt Robi Meili, »als Riesen-Coca-Cola-Dosen mit passendem Schirm.«

Spätestens jetzt ahnt Charly, daß er einen Fehler gemacht hat. Nicht einmal Geri Weibel läßt sich überreden, an der Open-air-Bar zur Probe und auf Kosten des Hauses einen Ricard Suze zu trinken. Das Risiko, von jemandem aus der Szene erwischt zu werden, ist zu groß. Auch er geht an den Möbeln vorbei, ohne sie eines Blickes zu würdigen. Schnurstracks in die letzte einigermaßen dunkle Ecke der Bar.

Charly hat nämlich einen der schweren Vorhänge, die früher das Lokal verdunkelten, entfernt. Damit er sieht, wenn sich ein Gast auf die Terrasse verirrt hat. Er nennt es Terrasse.

Drei Wochen muß er die schadenfrohen Kommentare seiner Stammkundschaft ertragen, dann ist es endlich soweit. An einem unerwartet sommerlichen Augustabend stellt ein junger Mann eine Mappe auf einen der Stehtische und schaut sich unsicher um. Er trägt das Jackett seines blauen Anzugs über der Schulter und eine gelbe Krawatte auf Halbmast. Robi Meili, Susi Schläfli, Carl Schnell, Freddy Gut, Alfred Huber und Geri Weibel beobachten, wie Charly etwas übereifrig die Bestellung entgegennimmt. »Wie ist Panaché?« erkundigt er sich aufgeregt, als er zurückkommt.

»Ein Teil Bier, ein Teil Zitronenlimonade, ein Schuß Wodka«, klärt ihn Robi Meili auf.

»Das mit dem Wodka wußte ich nicht«, wundert sich Susi Schläfli, als Charly die Bestellung ausführt. »Dabei habe ich früher oft Panaché getrunken.«

Auch Geri Weibel kann sich nicht an das Detail mit dem Wodka erinnern. Aber er gibt sich keine Blöße.

Es dauert nicht lange, bis sich ein zweiter jüngerer Mann zum Terrassengast gesellt. Auch er im gelockerten Business-Tenue. »Bank oder Versicherung«, tippt Freddy Gut.

Charly bringt triumphierend zwei weitere Panachés hinaus. Und noch zwei.

Als die beiden die Rechnung bestellen, fragt Charly: »Elf fünfzig pro Panaché, glaubt ihr, das liegt drin?«

»Du mußt unter fünf bleiben, sonst bist du die los«, rät Robi Meili.

»Allein der Wodka kostet mehr«, protestiert Charly. Aber er folgt dem Rat. »Die werden ja nicht immer Panaché trinken«, sagt er.

Aber er täuscht sich. Sie trinken immer Panaché.

Sie und eine täglich wachsende Gruppe junger, korrekt gekleideter Herren aus dem kaufmännischen Bereich. Mit ein paar Damen panaschiert. Fast jedes Mal, wenn Geri und die anderen nach Feierabend in der SchampBar eintreffen, müssen sie sich auf der Terrasse durch eine laute Stehparty hindurchzwängen.

Die Bar selbst bleibt tabu. Bis eines Abends ein Platzregen die kreischende und johlende Gesellschaft hineintreibt. Mitten in die Stille der Cocktailstunde.

Wie ein Rudel Klammeräffchen drängen sich die rechtmäßigen Gäste an ihren drei Metern Tresen zusammen. Sie müssen zuschauen, wie ihr letztes Refugium entweiht wird.

In dieser Situation wagt es Geri Weibel zum erstenmal, öffentlich Zweifel an Robi Meili zu äußern. »Bist du sicher mit dem Wodka?« fragt er.

Die Parvenüfrage

Niemand erinnert sich, woher Leo kam. Eines Tages ist er einfach da. Er hält sich an keines der ungeschriebenen Gesetze, die die schrittweise Annäherung von Neulingen an den inneren Zirkel der SchampBar regeln. Er sitzt nicht wochenlang am Garderobenständer-Tischchen und wartet demütig darauf, von einem der Habitués beachtet zu werden. Er bezahlt auch nicht inkognito eine Barrunde oder kauft sich Charly mit übertriebenen Trinkgeldern in der Hoffnung, der mache die Runde auf den sympathischen Neuzugang aufmerksam. Leo steht eines schönen Tages einfach mitten unter ihnen an der Bar, gibt jedem die Hand und sagt: »Leo.«

Normalerweise würde Robi Meili mit einem süffisanten »Aha« antworten und Freddy Gut würde die Hand ignorieren. Aber Leo bringt es fertig, daß beide seine Hand kräftig schütteln und verdattert »Robi« und »Freddy« stammeln. Als Carl Schnell »Carl mit C« sagt, klopft ihm Leo lachend auf die Schulter. Dann nimmt er einen Schluck aus Susi Schläflis Glas (aus Susi Schläflis sterilem Glas!) und ruft Charly zu: »Mir auch so einen, Chef!«

Geri, der schon dreimal seine Hand ausgestreckt und blitzschnell wieder zurückgezogen hat, übersieht er.

»Vielleicht ist er nur unsensibel«, schlägt Susi Schläfli

vor, als sie sich Stunden später im Grappino vom Schock der ersten Begegnung mit Leo erholen. Robi Meili ist anderer Meinung. Unter anderem, weil Leo instinktiv die Hackordnung erkannt hat. Eine These, die er allerdings in Geris Anwesenheit nicht näher erläutern kann.

Am nächsten Tag steht Leo in der SchampBar, als ob er der Besitzer wäre. Er hat für alle einen Spitznamen. Robi nennt er Globi, Freddy Teddy, Susi Schläfli das Schäfli und Carl Zarl. Geri ignoriert er weiterhin.

Wenn früher jemand gewagt hätte, ihn Globi zu nennen, Robi Meili hätte dafür gesorgt, daß er lebenslänglich Lokalverbot erhalten hätte. Jetzt lächelt er nur säuerlich. Bereits am dritten Tag nach Leos Auftauchen haben sich die Spitznamen eingebürgert. Selbst das Schäfli sagt jetzt Zarl zu Carl und Karli zu Charly.

Niemand kann sich die Macht erklären, die Leo auf sie ausübt. Carl Schnell vermutet ein angeborenes Machtbewußtsein, gegen das sich zu Differenziertheit und Respekt erzogene Leute einfach nicht wehren können. »Wenn einer schon mit dem Namen Leo aufwächst, Teddy«, fügt er hinzu.

Treffen ohne Leo werden immer seltener. Er ist immer dabei, und wenn er geht, nötigt er einen oder zwei aus der Runde, mitzukommen. Dann läßt er sich von ihnen jeweils ins Kino einladen und diktiert ihnen anschließend ihr Urteil darüber. Bei einem Drink, den er nicht selbst bezahlt.

Überhaupt ist Leo kein guter Zahler. Niemand kann sich daran erinnern, ihn einmal für sich bezahlen, geschweige denn jemanden einladen gesehen zu haben. Diskrete Nachforschungen bei Karli bestätigen diesen Eindruck voll und ganz. Leo tanzt ihnen nicht nur auf der Nase herum, er läßt sich auch noch von ihnen aushalten. Selbst Geri hat ihm in seinem Ringen um Beachtung für gegen hundertvierzig Franken Drinks bezahlt. Mit dem Erfolg, daß er von Leo nach wie vor wie Luft behandelt wird.

Die SchampBar beginnt Leo zu hassen. Aber niemand wagt es, ihm etwas von diesem Haß zu zeigen. Man unterwirft sich seinem Regime und beschränkt sich darauf, bei konspirativen Treffen den Tyrannen zu verfluchen.

Am abgrundtiefsten ist der Haß in Geris Brust. Daß er als einziger von Leo nicht tyrannisiert wird, ist eine Diskriminierung, die er nicht verkraftet.

In ihm wächst die Entschlossenheit, endlich einmal etwas Mutiges zu tun.

Und dann, ganz unerwartet, bricht Leo zusammen. Er sitzt wie immer an der Bar auf dem einzigen Hocker, umgeben von der kleinen Gemeinde seiner Opfer, und wird immer stiller. Globi, Teddy, das Schäfli, Zarl und Karli schweigen mit. Plötzlich löst sich eine Träne von Leos Wimper und fällt in seinen Wodka Red Bull. Und noch eine. »Ich bin ein unausstehlicher kleiner Scheißer«, stößt er hervor. Er entschuldigt sich bei allen immer wieder und verspricht, daß er sich ab sofort bessern werde.

Zwei Stunden dauert es, bis ihn Robi, Freddy, Susi, Carl und Charly getröstet und davon überzeugt haben, daß er nun wirklich alles andere als ein unausstehlicher kleiner Scheißer sei. Sie geloben sich echte, auf gegenseitigem Respekt beruhende Freundschaft und trinken in nie gekannter Harmonie – auf Leos Rechnung – noch eine Runde.

Da fliegt die Tür auf, Geri betritt das Lokal, steuert geradewegs auf Leo zu, nimmt seinen ganzen Mut zusammen und zischt: »Hau ab, du unausstehlicher kleiner Scheißer!«

Die Trinkgeldfrage

Vielleicht ist doch etwas dran am Gerücht, daß Susi Schläflis Vater mehrere Patente auf dem Befestigungstechniksektor besitzt. Wie sonst könnte sie sich Ferien in einem Land leisten, wo eine Cola über fünf Dollar kostet? Vom Flug dorthin ganz zu schweigen.

Die SchampBar vermutet einen Mann dahinter, und Susi unternimmt nicht viel gegen das Gerücht. Aber Geri weiß, daß sie alleine geflogen ist. Sie hat es ihm im Vertrauen gesagt. Denn immer, wenn Susi Schläfli eine längere Ortsabwesenheit plant, wird Geri zu ihrer Vertauensperson. Das hat weniger mit Geri zu tun als mit Tonito, Susis kleinem Söhnchen. Geri ist der einzige, den sie zum Babysitten überreden kann.

Tonito ist zwar bei ihren Eltern gut aufgehoben, aber Susi findet es total wichtig, daß er den Kontakt zu ihrem Umfeld nicht verliert und nicht im Reihenhäuschen der Schläflis verspießert.

Obwohl Geri diese Maßnahme bei einem gut Einjährigen für übertrieben hält, holt er während Susis Abwesenheit Tonito jeden zweiten Tag zu einem kurzen Ausflug ab, der abwechselnd ins Fisch & Vogel oder ins Mucho Gusto führt. Schon nach wenigen Minuten ist er jeweils gezwungen, das Lokal wieder zu verlassen, denn Tonito ist am Zahnen und haßt den Kinderwagen, auf dem Geri besteht. Selbst Frau Schläfli, die im Innersten überzeugt ist, daß es sich bei Geri um den von Susi so standhaft verheimlichten Kindsvater handeln muß, schafft es nicht, ihn dazu zu bewegen, Tonito im Babybeutel vor der Brust zu tragen. Denn auch bei Geri Weibel kennt das Nicht-nein-sagen-Können Grenzen.

Alle sind froh, als Susi wieder da ist, außer Susi selbst. Sie trägt eine Blüte hinter dem Ohr und ist in Gedanken weit, weit weg. Sie spricht wenig, trinkt zwei Daiquiris, und als Charly ihr das Wechselgeld bringt, steckt sie alles ein und läßt statt eines Trinkgelds die bereits etwas angewelkte Hibiskusblüte auf dem Tellerchen zurück. Charly vermutet Jetlag und stellt die Blüte in einem Schnapsgläschen neben die Kasse.

»Solange sie nicht mit Blüten bezahlt«, grinst er zu Carl Schnell, als Susi gegangen ist.

Als Charly am nächsten Tag das Wechselgeld für ihre Daiquiris bringt, klaubt Susi in der Handtasche. Vielleicht, denkt Charly, ist ihr das von gestern eingefallen und sie will die zwei Franken dreißig auf dem Tellerchen etwas aufstocken.

Aber Susi bringt ein leeres Joghurtglas zum Vorschein und entnimmt ihm zwei weiße Stefanotisblüten. Sie schaut Charly tief in die Augen und sagt: »Danke für die nette Bedienung, Charly.« Dann ersetzt sie das Wechselgeld auf dem Tellerchen durch die zwei Blüten und trippelt davon, wie barfuß durch den warmen Sand.

Es bleibt Geri Weibel vorbehalten, die SchampBar aufzuklären. Anläßlich des Debriefings von seinem Babysittereinsatz an einem Zweiertischchen im Fisch & Vogel, als Geri neben der Rechnung etwas Kleingeld liegenläßt, schwärmt sie ihm von der trinkgeldlosen Gesellschaft Tahitis vor. Als Susi am gleichen Abend Charly wieder mit einem aufrichtigen Dank und einer Blüte im Wechselgeldtellerchen zurückläßt, trumpft Geri mit seinem Wissensvorsprung auf.

»Du meinst, sie gibt Charly Blüten statt Trinkgeld, um ihn nicht in seinem Stolz zu verletzen?« staunt Robi Meili.

»Charlys Stolz«, kichert Carl Schnell, »kann man mit Trinkgeld nicht verletzen. Es sei denn, es ist zu klein.«

Freddy Gut und Alfred Huber verschlucken sich an ihren Drinks, und Geri genießt es, der Auslöser von so viel Heiterkeit zu sein.

Nur Charly bleibt merkwürdig still. Später, als die fünf bezahlen, nimmt er die Wechselgeldtellerchen und wischt die Trinkgelder mit dem Aschenbecherpinsel in den Abfalleimer.

Damit beginnt die trinkgeldfreie Periode der SchampBar. Die Abstellflächen um die Kasse füllen sich mit likörglasgroßen Vasen und flachen Kristallschalen, in denen Blüten schwimmen.

Die Gäste gewöhnen sich an, Charly nach dem Bezahlen die Hand zu drücken und sich in aller Form für die Qualität seiner Bedienung zu bedanken. Robi Meili führt das »Billet« ein, ein kleines Korrespondenzkärtchen mit ein paar schriftlichen Dankesworten.

Geri Weibel gelingt es, den größten Teil der Lorbeeren für diese gastgewerbliche Revolution für sich zu beanspruchen. Susi Schläfli hat zwar mit den Blüten begonnen, aber ohne Geri, den Promoter der Idee, hätte sie sich niemals durchgesetzt.

Erst als Charly die Preise um fünfzehn Prozent anhebt – von etwas muß der Mensch schließlich leben –, beginnt Geri sich vorsichtig von Tahiti zu distanzieren.

*Bitte beachten Sie auch
die folgenden Seiten*

Martin Suter
im Diogenes Verlag

Small World
Roman

Erst sind es Kleinigkeiten: Konrad Lang, Mitte Sechzig, stellt aus Versehen seine Brieftasche in den Kühlschrank. Bald vergißt er den Namen der Frau, die er heiraten will. Je mehr Neugedächtnis ihm die Krankheit – Alzheimer – raubt, desto stärker kommen früheste Erinnerungen auf. Und das beunruhigt eine millionenschwere alte Dame, mit der Konrad seit seiner Kindheit auf die ungewöhnlichste Art verbunden ist.

»Genau recherchiert, sprachlich präzis und raffiniert erzählt. Dramatisch geschickt verflicht Martin Suter eine Krankengeschichte mit einer Kriminalstory. Ein literarisch weit über die Schweiz hinausweisender Roman.«
Michael Bauer/Süddeutsche Zeitung, München

»Fesselnd. Eine der großen Qualitäten von Martin Suters Roman liegt in der Präzision, mit der er die Krankheit und Umgebung beschreibt, und in der Gelassenheit, mit der er die Geschichte langsam vorantreibt.«
Le Monde, Paris

Martin Suter wurde für seinen Roman *Small World* mit dem französischen Literaturpreis ›Prix du premier roman étranger‹ ausgezeichnet.

Die dunkle Seite des Mondes
Roman

Starwirtschaftsanwalt Urs Blank, fünfundvierzig, Fachmann für Fusionsverhandlungen, hat seine Gefühle im Griff. Doch dann gerät sein Leben aus den Fugen. Ein Trip mit halluzinogenen Pilzen führt zu einer gefährlichen Persönlichkeitsveränderung, aus der ihn niemand zurückzuholen vermag. Blank flieht in den Wald. Bis er endlich begreift: Es gibt nur einen Weg, um sich aus diesem Alptraum zu befreien.

»Das Buch ist spannend wie ein Thriller und trifft wie ein Psycho-Roman – eine ungewöhnliche Variante von *Dr. Jekyll und Mr. Hyde*.«
Karin Weber-Duve / Brigitte, Hamburg

Business Class
Geschichten aus der Welt des Managements

Business Class spielt auf dem glatten Parkett der Chefetagen, im Dschungel des mittleren Managements, in der Welt der ausgebrannten niederen Chargen, beschreibt Riten und Eitelkeiten, Intrigen und Ängste einer streßgeplagten Zunft.

»Martin Suters Kolumnen sind meisterhaft, von lakonischem Witz und – bei aller Distanz – nicht ohne Liebe zu den Objekten der Schilderung.«
Armin Thurnher / Falter, Wien

»Höchst amüsant. Martin Suter kennt sich unter jenen Männern aus, die alle mit hehren Absichten und gepanzerten Ellbogen ins Dickicht der ›Business Class‹ drängen. Wie kleine ethnologische Erkundungen lesen sich seine Kolumnen.«
Martin Zingg / Neue Zürcher Zeitung

»Woche für Woche ein Hieb in die nadelgestreifte Seite der Männerwelt.«
Jürg Ramspeck / Die Weltwoche, Zürich

Richtig leben mit Geri Weibel
Geschichten

Es gibt Leute, die werden das Gefühl nicht los, daß sie bei jedem neuen Trend hinterherhinken. Andere dagegen wissen erst gar nicht, was sie lifestylemäßig bisher alles falsch gemacht haben. Beides sind optimale Kandidaten für *Richtig leben mit Geri Weibel*. Denn Geri hat sich – nachdem er in so ziemlich alle Fettnäpfchen getreten ist – zu einer Art Trendseismograph in Fragen des derzeitigen Lifestyle herangebildet.

»Suters Betrachtungen erschöpfen sich nicht nur in glänzender Satire. Er ist ein Alltags-Soziologe ersten Ranges. Manche seiner Geschichten erinnern an die besten Szenen von Loriot: präzise, sprachlich brillant und getragen von einem leisen, aber unnachgiebigen Humor.« *Joachim Scholl/Financial Times Deutschland, Hamburg*

»Eine Superkolumne, macht jedesmal viel Spaß.« *fabian@hotmail.com*

Richtig leben mit Geri Weibel
Neue Folge. Geschichten

Geri ist mittlerweile verkappter Bewohner eines Loft im Industriequartier und gerade dabei, sich mit seinem deklassierten Status als »Agglo« zu arrangieren, als auch die Clique das Industriequartier für sich entdeckt. Um ein Haar und mit etwas mehr Selbstbewußtsein hätte Geri dieses Trendsetting für sich verbuchen können, allein, die Zeit ist noch nicht reif für unseren Antihelden, der sich erst allmählich vom Zeitgeist zu emanzipieren beginnt. Hingegen kommt Geri in den Genuß einer prickelnden Mainacht mit der allseits begehrten Aira, einer Nacht, die eine Kette von ungeahnten Komplikationen mit sich bringt.

»Suters scharf geschliffene, brillant funkelnde Miniaturen amüsieren köstlich, zumal der Autor seine boshaft exakten Beobachtungen nicht mit Moralin übersäuert, sondern als spritzige Cocktails kredenzt.« *Peter Meier/Blick, Zürich*

Ein perfekter Freund
Roman

Durch eine rätselhafte Kopfverletzung hat der Journalist Fabio Rossi eine Amnesie von fünfzig Tagen. Als er seine Vergangenheit zu rekonstruieren beginnt, stößt er dabei auf ein Bild von sich, das ihn zutiefst befremdet. Er scheint merkwürdige Dinge getan, ein seltsames Verhalten an den Tag gelegt zu haben in jener Zeit. Aber offenbar gibt es Leute, denen es lieber wäre, jener Fabio bliebe ausgelöscht.

»Martin Suter schafft es, die Balance zwischen Psychothriller und Kriminalroman zu halten – auf erfreulich hohem literarischen Niveau.« *Der Spiegel, Hamburg*

»Suter kann schreiben wie ein erstklassiger Angelsachse; das können nicht viele deutschsprachige Auoren.«
Armin Thurnher/Falter, Wien

»... ein perfekter Erzähler.«
Roger Anderegg/Sonntagszeitung, Zürich

Business Class

Neue Geschichten aus der
Welt des Managements

Die Welt teilt sich in die, die überholen, und die, die überholt werden. Wer möchte da nicht auf der richtigen Spur sein. Was es dabei zu beachten gilt, erfährt man in großer Spannbreite in den neuen Geschichten über eine streßgeplagte Zunft.

»Suters satirischer Karriere-Leitfaden sollte in jedem Büro ausliegen – zur Warnung! Bei diesen hundsgemeinen Milieustudien genießt der Leser seine Rolle als Vorstandsetagen-Voyeur und freut sich an den punktgenauen Dialogen, in denen jeder Satz sitzt wie ein gut plazierter Dartpfeil.«
Karin Weber-Duve/Brigitte, Hamburg

Urs Widmer
im Diogenes Verlag

»Wer kann heute noch glitzernde, glücksüberstrahlte Idyllen erzählen? Wer eine Geschichte über den Golfkrieg und die A-Bombe? Wer ein Märchen für Erwachsene von – sagen wir: fünfzehn an? Und wer eine Liebesgeschichte über Lebende und Tote, die uns traurigfroh ans Herz geht? Die Antwort: Urs Widmer. Er kann all dies aufs Mal und all das ist, eine Rarität in der deutschen Literatur, tiefsinnig und extrem unterhaltend zugleich.«
Andreas Isenschmid/Die Zeit, Hamburg

Alois/Die Amsel im Regen im Garten
Zwei Erzählungen

Das Normale und die Sehnsucht
Essays und Geschichten

Die Forschungsreise
Ein Abenteuerroman

Die gelben Männer
Roman

Vom Fenster meines Hauses aus
Prosa

Schweizer Geschichten

Shakespeare's Geschichten
Alle Stücke von William Shakespeare, nacherzählt von Walter E. Richartz und Urs Widmer. In zwei Bänden

Das enge Land
Roman

Liebesnacht
Eine Erzählung

Die gestohlene Schöpfung
Ein Märchen

Indianersommer
Erzählung

Das Verschwinden der Chinesen im neuen Jahr
Mit einem Nachwort von H.C. Artmann

Der Kongreß der Paläolepidopterologen
Roman

Das Paradies des Vergessens
Erzählung

Der blaue Siphon
Erzählung

Liebesbrief für Mary
Erzählung

Die sechste Puppe im Bauch der fünften Puppe im Bauch der vierten
und andere Überlegungen zur Literatur. Grazer Vorlesungen 1991

Im Kongo
Roman

Vor uns die Sintflut
Geschichten

Der Geliebte der Mutter
Roman

Das Geld, die Arbeit, die Angst, das Glück.

Petros Markaris im Diogenes Verlag

Hellas Channel
Ein Fall für Kostas Charitos

Roman. Aus dem Neugriechischen
von Michaela Prinzinger

Er liebt es, Souflaki aus der Tüte zu essen, dabei im Wörterbuch zu blättern und sich die neuesten Amerikanismen einzuverleiben. Seine Arbeit bei der Athener Polizei dagegen ist kein Honigschlecken.
Besonders schlecht ist Kostas Charitos auf die Journalisten zu sprechen, und ausgerechnet auf sie muß er sich einlassen, denn Janna Karajorgi, eine Reporterin für *Hellas Channel*, wurde ermordet. Wer hatte Angst vor ihren Enthüllungen? Um diesen Mord ranken sich die wildesten Spekulationen, die Kostas Charitos' Ermittlungen nicht eben einfach machen. Aber es gelingt ihm, er selbst zu bleiben – ein hitziger, unbestechlicher Einzelgänger, ein Nostalgiker im modernen Athen.

»Ein Buch für all jene, für die Schwarz-Weiß zwar in der Photographie ein interessantes Ausdrucksmittel ist, die sonst jedoch auf Zwischentöne Wert legen, denn zwischen Gut und Böse gibt es viele Abstufungen.« *Robert Streibel / Die Furche, Wien*

»Petros Markaris hat einen sympathischen Charakter mit Ecken und Kanten geschaffen, der das Zeug hat, in Serie zu gehen.« *Per Hansen / Bremer*

Nachtfalter
Ein Fall für Kostas Charitos

Roman. Deutsch von Michaela Prinzinger

Erdbeben auf einer griechischen Insel: Einige Bewohner werden unter Trümmern begraben. Ein längst be-

grabener, mysteriöser Toter jedoch kommt durch die Erschütterungen wieder ans Tageslicht. Für Kommissar Kostas Charitos Grund genug, seine Ferien in der Ägäis abzubrechen und mit der Leiche auf dem Buckel in sein geliebt-gehaßtes Athen zurückzukehren. Dort wartet bereits ein weiterer Fall auf ihn, der Mord am Rotlichtbaron Koustas. Charitos stürzt sich in die Arbeit, doch bald schon rächt sich, daß er sich nicht richtig erholt hat: Er bekommt Herzrasen und muß ins Krankenhaus. Einziger Trost: Seine Tochter Katerina kommt extra für ihn aus Thessaloniki angereist. Auch sie hat Herzprobleme – anderer Art.
Indes geht das Nachtleben in Athen seinen gewohnten Gang: Unter die Nachtfalter und Drogenabhängigen mischen sich Politiker, Unternehmer und Presseleute. Keiner scheint sich daran zu stören, daß Koustas umgebracht wurde. Im Gegenteil ...

»Petros Markaris erzählt mit einer mediterranen Leichtigkeit, voller Lust am Fabulieren.«
Hans W. Korfmann / Frankfurter Rundschau

»Petros Markaris zeichnet auf leichtfüßige Weise ein lebendiges Bild von der griechischen Gegenwart. Krimi-Freunde müssen diesen neuen griechischen Kommissar unbedingt kennenlernen.«
Tinga Horny / Focus Online, München

Jason Starr
im Diogenes Verlag

Top Job
Roman. Aus dem Amerikanischen
von Bernhard Robben

Bill Moss ist knapp über dreißig, wohnt in New York und hat eigentlich das Zeug zu einem echten Aufsteiger, er hat sich nämlich sowohl im Studium als auch in seinem ersten Job erfolgreich geschlagen. Doch die Lage auf dem Arbeitsmarkt treibt ihre spätkapitalistischen Blüten, Bill sollte froh sein, nach zweijähriger Arbeitslosigkeit endlich einen schlechtbezahlten Job als Telefonverkäufer zu ergattern. Ist er aber nicht, sondern doppelt unter Druck: Sein Abteilungsleiter schikaniert ihn nach allen Regeln der Kunst, und seine Freundin will heiraten. Daß Bill nicht genug verdient, um eine Familie zu gründen, führt zu einer handfesten Beziehungskrise. Die Lage scheint sich zu bessern, als Bill völlig unerwartet zum Abteilungsleiter befördert wird – doch dann kommt alles nur noch schlimmer.

»Ein Psychothriller mit völlig neuem Sujet: Jason Starr zerrt vor allem dadurch an den Nerven, daß er mit der neuen kollektiven Angst vor wirtschaftlichem Abstieg und Arbeitslosigkeit spielt. Der Thriller fühlt den Puls einer Gesellschaft, in der man ohne erfolgreichen Job sich selbst nicht mehr spannend finden kann. Das Beklemmende an Top Job ist der gnadenlose Realismus.« *Bettina Koch / Spiegel Online, Hamburg*

Die letzte Wette
Roman. Deutsch von Bernhard Robben

Maureen und Leslie kennen sich seit der Schulzeit und sind trotz unterschiedlicher Karrieren der Ehemänner dick befreundet geblieben. Joey beneidet den gutaussehenden David um seinen Erfolg bei Frauen, sein

Geld und sein glückliches Familienleben mit Frau und Wunschkind. Doch eines Tages gesteht David dem Verlierer Joey, daß er völlig am Ende ist, weil er von einer wahnsinnigen Ex-Geliebten erpreßt wird.

»Ein spannender, kurzweiliger, dabei aber rabenschwarzer Roman über die Unfähigkeit, mit dem Leben zurechtzukommen, und die Fähigkeit, dennoch weiterzuexistieren.«
Martin Lhotzky / Frankfurter Allgemeine Zeitung

»Jason Starr ist ein phantasievoller Autor und schreibt so rabenschwarz wie im Hollywood der vierziger Jahre. Als ein gescheiter Krimi noch ein richtiger Lesegenuß war.«
Martina I. Kischke / Frankfurter Rundschau

Ein wirklich netter Typ
Roman. Deutsch von Hans M. Herzog

Der New Yorker Tommy Russo ist zweiunddreißig, und sein Traum, ein berühmter Schauspieler zu werden, verblaßt zusehends; seine Tage verbringt er mit Wetten bei Pferde- und Hunderennen, nachts arbeitet er als Rausschmeißer in einer Bar in Manhattan. Als sich ihm die Gelegenheit bietet, einer von fünf Besitzern eines jungen Rennpferds zu werden, will Tommy diese Chance unbedingt ergreifen. Auf einmal hat er einen neuen Traum: ein berühmter Rennpferdbesitzer zu werden, auf der Bahn von Hollywood Park die Siege seiner Galopper zu feiern! Da gibt es nur ein kleines Problem... Er braucht zehntausend Dollar, um Mitglied der Besitzergemeinschaft zu werden. Was mit Notlügen und kleinen Diebstählen beginnt, führt bald zum völligen Realitätsverlust.

»Starr ist teuflisch boshaft und läßt seine Figuren mit faszinierender Ausweglosigkeit in ihrer ganz privaten Hölle landen. Exzellent!«
Ingeborg Sperl / Der Standard, Wien

Hard Feelings
Roman. Deutsch von Bernhard Robben

Dem vierunddreißigjährigen New Yorker Computer-Netzwerk-Verkäufer Richard Segal spielt das Leben derzeit übel mit: Seit drei Monaten hat er keinen Abschluß mehr gemacht, die Karriere seiner Frau läuft dagegen um so besser, dazu verdächtigt er sie, daß sie sich mit einer alten Flamme trifft. Aus Verzweiflung greift er wieder zur Flasche, eine Angewohnheit, die er für immer überwunden glaubte. Auf seinem Nachhauseweg fällt ihm eines Abends auf der Fifth Avenue ein vertrautes Gesicht auf. Es ist Michael Rudnick, ein junger Mann, mit dem Richard in Brooklyn aufgewachsen ist und mit dem er oft Tischtennis gespielt hatte. Was wie eine harmlose Begegnung aussieht, läßt in Richard die schlimmsten Erinnerungsfetzen auftauchen. Richard ist mehr und mehr besessen von zwei Fragen: Was genau war vor zweiundzwanzig Jahren in Michaels Keller passiert? Und was soll er nun tun?

»Liebevoll und mit zunehmendem Spaß am schaurigen Detail beschreibt Jason Starr den Niedergang seines Helden. Zum Frösteln schön.«
Stern, Hamburg

»Ein verdammt guter Krimiautor.«
Stefan Sprang / Hessischer Rundfunk, Frankfurt